家常好日子

韓良憶

自序

家常日子好好過

我拉開落地門，走上陽台，天氣不冷不熱，濕度稍微偏高，太陽透過雲層縫隙輻散著金光，又是台北盆地一個普通的春天早上。我將手機、皮夾、酒精噴霧和環保購物袋扔進帆布包中，戴好口罩，出門上菜場。星期五了，雯姊下午將從「學校」回家度週末，我打算多買幾樣新鮮蔬果和魚肉，給她加菜。

我搭著電梯下樓，朝著管理室方向點頭示意打個招呼，一路仍在尋思今晚該在餐桌上變什麼花樣才好，我可不想每週末都做差不多的菜色，即使二姊不嫌膩，我這個煮婦也會自慚沒創意。

我就這樣斂目徐行，想像著菜單，差一點錯過該拐彎的街角，及時抬起頭，卻瞥見前方小山坡的綠叢中有一樹粉緋。櫻花盛開了。春光已如此爛漫，行路的人怎好辜負？心念一轉，決定往前直行，先到富陽自然生態公園晃晃悠悠，反正市場正午才收攤。

我就這樣肩背著帆布包，腳踩著平底便鞋，沿著碎石小徑，步向公園深處。不知是否因晨操時刻已過，還是防疫期間人們避免群聚，園裡沒有多少人，也可能這兩項都是原因吧。幸好草木蟲魚才不管什麼新冠病毒，園中處處是盎然的生機。我耳邊不時傳來蛙鳴嘓嘓，舉目但見不知名的鳥兒自林梢展翼向上；我行過小澗水較深處，特地停下來端詳小魚兒在清澈的水中自在地游著。蝴蝶在步道兩側的姑婆芋、千年芋和大輪月桃叢中漫舞，有兩隻小粉蝶自我眼前翩飛而過，好似在追逐嬉戲。

我踏著石階往上爬，在半坡的木棧平台找到一張長凳，坐下來歇一會，靜靜地融入這一片綠蔭。眼前翠意盈盈，或濃深或柔嫩，都是美；我人在其中，怎麼能不讚嘆春天，且慶幸自己臨時起意，方得以擁抱都市邊緣的這一小片大自然？

在旁人看來，這般的光景容或無甚可奇。對我而言，如此無驚無擾、無大喜亦無大悲的日常一瞬，卻似乎總能夠穿透平淡的生活表面，滋生出某種意義，令我感到身心從容自在，活著真好。我始終相信，普通的生活並不乏閃現小小靈光的瞬間，只是能否及時掌握，端看各人是否留意。

為了這樣美妙卻往往短暫的片刻，我時時提醒自己，要設法覺察地活著，好好地過家常日子。尤其是這兩年多，一場無法預料的疫情鋪天蓋地而來，狡獪多變的病毒使得大多數人暫時不敢奢望越洋旅行，我為無法與千里之外的親友並肩而行、把酒言歡而遺憾，且不得不過起「戴口罩、勤洗手、噴酒精、少群聚」的日常生活。儘管偶爾感到無奈，然而我仔細想想，還是得承認，自己終究不該埋怨。

疫情讓我或自願或不得不減少外務，更常待在家中，從而擁有較多餘裕照顧家人，尤其是永保童稚的二姊；我也因此多了看閒書或追劇的時間，還開始在陽台上種起花草——雖然迄今成果一點也不斐然。再說，我不時仍可至公園散步，到近郊或台北以外的地區遊逛，我也還能夠自由地上街採買，而後興致勃勃地享受下廚時光。

當我專心煮炊時，腦中種種的雜念會逐漸沉澱，我在廚房中從不感到焦躁煩憂，有什麼煩惱，燒好菜，吃過飯，再說吧。只是，除了逢年過節以外，我平日少做太費手工的菜色，習於簡單做、輕鬆煮，始終覺得自己烹煮的飯菜，自己和餐桌旁的親友吃著可口就行了，有什麼工序太複雜的菜，咱們到外頭享用專業大師傅的手藝得了。

收錄於《家常好日子》的文章，有關飲食與走晃，也記述遠年往事和日常心得，多數寫於過去這三、四年，當中也有不少曾刊載於不同的報章和網路媒體。在此，衷心感謝曾向我邀稿的主編，我生性疏懶，沒有您們的鼓勵和認同，極可能就沒有這些文字。

我常說，一本書得以出版上市，從來不單只是作者一個人的功勞，而是眾人意志和心血的結晶。因此，我要謝謝皇冠文化編輯、行銷、業務與發行部門的夥伴，特別是總編輯許婷婷、編輯黃雅群和行銷企劃專員薛晴方。另外，值得一提的是，本書的封面和內頁插畫，由插畫家Bianco Tsai設計、繪製，我有幸與她二度合作，謹此致謝。

說到底，家常日子是自己在過，一個人的生活過得好不好，又有沒有好好地過，自己的身體和心靈其實都知道。而在新冠疫情已進入第三年的此刻，我更想說的是，恰因人生無常，更盼珍惜日常。

韓良憶寫於壬寅年暮春

輯一 記憶

輯二 小食

Contents

輯一

記憶

去方我遠帶

從前有個「中國書城」，在台北西門町；彼時，我應是小學三、四年級。星期天或假日，爸媽領著我和大姊與小弟，從北投搭車，在中華商場下了車，上天橋，過鐵道，下天橋，來到現今台北捷運西門站六號出口邊上的大樓前。

倘若是溽暑日，一行人會停下來，先在一樓冷飲店喝一杯楊桃湯或鳳梨湯，解解渴，消消暑；天涼時，則過店門而不入，拾步下樓，到地下室，那裡才是此行的目的地——中國書城。爸爸通常在門口就跟我們暫時告別，他要去「紅玫瑰」理頭髮，稍後再來會合。我們家只有爸爸不是書蟲，他除了武俠小說外，別種書都沒有興趣。

一下樓，母子便解散，各自前往自己

的目標，記得那裡有好多不同出版社的攤位，亦即「專櫃」。媽媽從不擔心孩子會亂跑，我肯定守在國語日報出版社的書架前，而弟弟多半在看他圖多字少的繪本，主題不是機器人就是恐龍。媽媽自己往往待在皇冠出版社那頭；至於大我五歲、已上國中的姊姊，不是跟媽媽一起在皇冠看小說，就是到水牛書店或志文出版社的攤位上，翻閱那些書封多半是黑白照片、有很多國字的翻譯作品。

我讀的書也有不少字，只是每個字的右邊必定標著注音符號，書封則是彩色繪圖，每一本都屬於國語日報的「兒童文學傑作選」。此系列的書我讀了不少，當中印象最深刻的，有曾被改編成歌舞片的《保母包萍》、以中國山水畫瓷盤為書名的《柳景盤》，還有描繪荷蘭有史來最嚴重洪災的《海堤》。三個故事的背景分別設於二十世紀初的英國倫敦、經濟大蕭條時代的美國內陸和五〇年代的荷蘭鄉間，內容描述的時、地和人物生活經驗，與我這個生於六〇年代的台北孩子，差距何止千里，我卻讀得津津有味。

這會兒想想，這些泰半譯自英文的兒童小說堪稱我的啟蒙作，開啟了我對西洋文化和生活的初步興趣與理解。它們就像《綠野仙蹤》（The

Wonderful Wizard of Oz）的黃磚道，而我恰似小女孩桃樂絲（Dorothy），在翻開書頁時便上了路，從位於台北卻名叫「中國」的書城，一步步走向我的「奧茲國」——島嶼以外那遼闊的世界。當然，不論是我的父母抑或我自己，皆未曾預料那個長於七〇年代的小學生，在西門町找到《海堤》並將它帶回家的多年以後，竟遠嫁荷蘭，而她的丈夫在洪災發生的那一天，應已蜷伏在母親的子宮中。

話說回到親子同赴中國書城的那些日子，通常在下樓看書的四、五十分鐘以後，媽媽就會在店裡逛一圈，先找到我姊，接著來到國語日報攤位，和她的么子和小女兒會合。

「今天想買什麼書？」她會問，我和弟弟早就收集了好幾本書，各自摞成一疊，如果媽媽說可以買兩本，我就把擺在最上面的那兩本拿給她，她要是說三本，那便是前三本。書的冊數雖有限制，但是要買什麼，媽媽從不干涉，總是隨意瞧一眼書名，便將書拿去結帳。

我在成為所謂作家後，有一回和母親閒聊，提及兒時她給我買書時，何以從不建議或反對我買什麼，這才從她口中得知，什麼主題正不正確、有沒有教育意義這些的，在她看來都不是重點，「孩子自己喜歡讀什麼就讀什麼，看不下去的書硬逼著看也是白看，大人下再多指導棋也沒用。」

回首前塵，不能不深深感謝我的母親，她說不定遺傳其母系的文學基因（我的曾外祖父是台南府城的漢學先生），不愧是咱家最資深的愛書人，太明白閱讀的樂趣有多麼重要，讀來沒有「趣味」的書，勉強自己去讀，或許讀得進腦裡，卻讀不進心底。

說起來，我媽並不大符合吾輩對「慈母」的刻板印象，記憶中幾乎從未見到擔任教職的母親下班後在廚房中揮汗煮炊，或伏首僂背於縫紉機前，給一家人裁衣製衫的忙碌身影。不過，我家媽媽其實也挺忙，忙著坐在客廳扶手椅中或半躺半臥於臥室大籐床上，手捧著當期的《皇冠》月刊或張愛玲、馮馮、瓊瑤的小說，一頁又一頁地翻著，頭都不抬一下。這般影像令我從小就覺得，看課本以外的書絕對是很有意思的事，要不然，何以我的母親一旦拾起書就放不下呢。

因為父母完全不排斥孩子看「雜書」，加上我又有個會寫詩且很早就在讀新潮文庫、水牛書店和遠景出版社讀物的早慧文青姊姊，在一般稍有資產的中等人家在客廳擺設酒櫃和電視的時代，我家便請木匠在姊姊的臥房一面牆上釘了書架。國高中時期的姊姊，除了有一櫃子的衣服，還有滿滿一書架的各種書籍，有的是她用自己的零用錢買的，其中也有不少是她接收自母親的小說。我可以自由進出房間，隨意取書來讀；我喜歡看文學書，不是小說就是散文，至於什麼齊克果、沙特還是尼采，看半頁就沒興趣，根本看不懂。

還記得有一天，白先勇的《台北人》吸引了我的目光，「台北人，那不就是我？」我當時或曾暗暗作如是想。然而一讀，書中的主人翁並非像我這樣土生土長的台北囝仔，而是二戰後從中國大陸來台的形形色色人等，換句話說，他們都是「外省人」，一如我來自於江蘇的父親。當中有些人，我似曾相識，好比說，《一把青》中的朱青。

她讓我聯想到一位同學的母親，這一對母女倆都有水汪汪的大眼睛，長得都好看，媽媽比女兒還更美。我去同學家玩或寫功課，有時會看到一位留著西裝頭、長相清秀的青年，我曉得那不是同學的父親，因為大家都知道同學是遺腹子，父親「摔飛機」過世了。同學稱此人為叔叔，但是其姓氏同她的不一樣，她既然從不提這位叔叔究竟是誰，我也就不盤問，所謂囝仔有耳無嘴，這道理我已明白。

同一本短篇小說集中還有《歲除》，故事中的退伍軍人賴鳴升有一點像我爸砂石廠的負責燒伙食的「老芋仔」。我寒暑假在家無聊，偶爾會纏著爸爸，要跟他去位於青潭的工地「上班」，其實主要目的是為了中午的那一頓員工餐。我很愛吃廚師伯伯當天現蒸的老麵饅頭，既有麥香又筋道，至今仍是我心目中最美味的饅頭。聽爸爸說，嗓門特大的這位伯伯是他當連長時隊上的伙伕，退伍後就到了爸爸與同鄉合夥開的砂石廠管廚房。除此之外，有關其人的身世，我別無線索，讀到小說時卻不由得將書中人與他連在一起。這位常年穿著白汗衫、講話帶著山東口音的彪形大漢，應也是有故事的人。

後來，我在書架上又摸到黃春明的小說（如果沒記錯，應是《莎喲娜啦、再見》），書中刻劃的人物與生活背景與當時才小學五、六年級的我，相差不可說不大，然而有一個短篇，卻令我格外有感，那就是〈看海的日子〉。

原因無他，兒時北投住家附近一條巷子裡，有一間應召女郎的宿舍，我打小便經常看到鶯鶯燕燕側坐在摩托車後座，個個濃妝豔抹，手腳皆塗著大紅蔻丹，在馬路上呼嘯而過。看慣歸看慣，我對這些女子的生活和內心世界一無所知，難免好奇。〈看海的日子〉中的白梅是在娼寮營生的娼妓，與應召至溫泉旅館賣笑陪宿的歡場女子工作形態雖不盡相同，卻仍填補了我生活經驗與想像力未及的空缺，使得我對那些生活中尋常可見的女郎多了幾分同情，似乎也增加了一些了解，體會到她們與其他人一樣，都該擁有做人的尊嚴——只不過，我當時實在還太稚嫩了，根本搞不懂白梅在接客前為何要先去打水並備好衛生紙。

無論如何，喜愛閱讀委實是我一生的福分，只因昔日的兒童故事書也好，至今仍愛讀的文學作品也好，始終在為不願受到時空禁錮的想像力，打開一扇又一扇的門，鋪成一條又一條的路，引領著我，前往遠方。

普羅旺斯藍天下

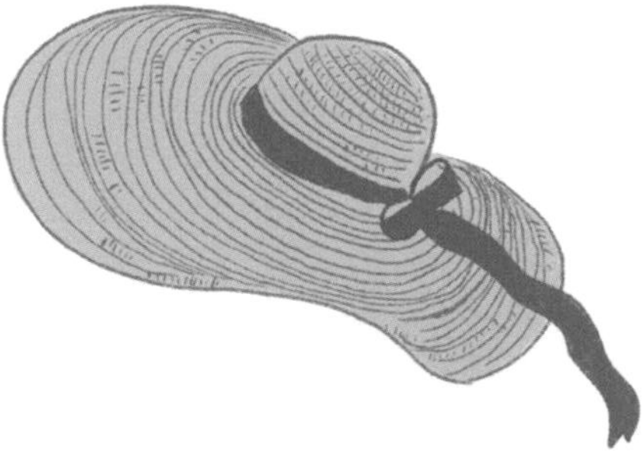

本來就喜歡烹飪，疫情期間盡量減少出門，宅在家中沒有什麼大事待辦，遂自願化身為勤勞廚娘，天天忙著下廚。這一天，好友快遞一大袋羅勒，說是自家小菜圃羅勒瘋長，不採收可不行，就請朋友們幫忙消化。我呢，是她口中的「大戶」，所以分配給我的羅勒比旁人多了一倍以上。

朋友送來的是甜羅勒（sweet basil），通稱為羅勒，它和在台菜上應用甚廣的九層塔（Thai basil）算是表親，在植物分類上同屬同種。一如九層塔，羅勒在烹調上扮演的主要是配角，九層塔偶爾還能當大配角（好比九層塔煎蛋），羅勒卻往往是小配角，用來點綴沙拉，或搭配以番茄為基底的西式菜餚。只是，羅勒並不適合熱炒，也無法汆燙了吃，加上保鮮期不長，好友送來這滿滿一大袋，我不盡快料理，可就浪費了。

我左思右想，要大量使用羅勒，最有效的辦法應是磨青醬，於是拿出我的研磨缽，動手製醬。這一回做的不是坊間較常見的義大利青醬，而是普羅旺斯風味的醬料，名為Pistou，傳統做法只需要羅勒、蒜頭、橄欖油和鹽，現代版則還會加上一點硬質乳酪，我家冰箱剛好有一大塊義大利乾酪，就來做現代版吧。

朋友自種的香草不怕有農藥，我摘下葉片，粗梗統統不要，細莖倒是可以留著。用沙拉脫水器盛了冷開水，羅勒葉泡洗一遍就甩乾，連同剝了皮的蒜瓣和鹽，置於研磨缽中搗爛，一次一小匙地將橄欖油淋入缽中，拌一拌，最後再加另外用乳酪擦板磨好的乾酪屑，拌勻即成。

其實也可以用食物調理機或攪拌器打，省事又省時，然而宅居之人時間多，手上公務又多半停擺，索性用傳統老法慢磨慢搗慢慢攪。普羅旺斯青醬可以拿來拌麵，拌水煮馬鈴薯或薯泥，也可當成麵包蘸醬，普羅旺斯人還喜歡在什錦蔬菜湯中加一小杓，做成Soupe au pistou，直譯就是「青醬湯」。

我專注地做著慢活兒，那混合著蒜味的芳香氣味卻勾起一件往事。那一年夏天，我仍住在荷蘭，而我的姊姊良露依然生命力旺盛，活力充沛，我們約好在巴黎會合，從那裡出發，同遊普羅旺斯。於是，一個多雲的早上，姊妹倆連同各自的丈夫，一行四人在巴黎的里昂車站搭上有「藍色列車」別稱的高速火車，一路往南疾駛。火車一抵達亞維儂，普羅旺斯果真以湛藍的晴空歡迎我們，接著下來五天的白晝，明燦的陽光始終陪伴左右。

一下車，到站旁的租車行取好早已上網訂妥的汽車，便直奔也是上網租好的住處。那是尚無 Airbnb 的時代，但我彼時已熱中於居遊，且已出了兩本居遊書，對於居遊種種實務的安排還算熟悉，遂義不容辭地當起此行的總管。

我在一個依山而建的小村，租了一幢歷史百年以上的石灰岩樓房。租居坐落在山腳下，山上有中世紀城堡的廢墟，主體已傾頹，徒留斷瓦殘垣，我每天早上打開朝山的窗子，抬頭一望，一小截崩坍的城牆就映入眼簾。

小村除了這座已無觀光價值的廢棄古堡外，別無其他足以吸引遊客的設施。村公所是有的，公布欄寫著，一週開放洽公兩天。另外，村子口有一家咖啡館，擺了張撞球檯；村中心有肉店和小超市各一家，麵包店倒有兩家，一家兼賣糕餅，另一家門前掛著 Artisan-Boulanger 告示牌，表明只賣傳統手工麵包。凡此種種皆顯示，這是個給村民過家常日子的地方，也因此我們這一歐三亞四條身影，格外惹人注目。不過，這裡終究是普羅旺斯，加上小村位於亞維儂和阿爾這兩座觀光城市之間，村民對異國遊客並不會大驚小怪，和我們四目交接時，皆點頭微笑，讓我們不致感到不自在。

家族旅行那幾天，由荷蘭妹婿約柏負責當司機，帶著我們四處閒逛。我們每天會定個大致的目標，當作那一天的目的地，然後就今天往東，明天向西，途中若瞧見好看的風景、貌似有意思的地方，或者哪個村鎮恰好有一週一次的露天市集，就下車走走逛逛，買買農產；碰上用餐時間，就到離當時所在位置最近的小鎮，找家看來順眼的餐館，好好吃喝一頓。總之，我們車子開到哪就算哪，即使最終並未駛抵原本設定的目的地也無所謂。

忘了是第二天還是第三天的中午，我們來到勾德（Gordes），那是個著名的山村，觀光業發達，我們尋覓了好一會兒，才在相對安靜的巷弄中，瞧見一家看似有較多當地人的小館子。普羅旺斯夏季天氣乾熱，不必開車的姊妹倆坐定後，一人先來一杯有「普羅旺斯牛奶」之稱的茴香酒加冰水消暑開胃，四人再合點一瓶清涼的粉紅酒佐餐，來普羅旺斯怎可不入境隨俗，喝喝本地人簡直當成飲料喝的粉紅酒呢？可憐的約柏需開車，喝一小杯就好，等用完午餐，大夥在村中逛逛散散步，兩三小時過後，酒意也該消退了。

姊妹倆喝著加了很多冰水的茴香酒，好整以暇地瀏覽菜單，我一眼看到單點菜單中有什錦前菜的選項。我法文雖講得很差，自認看菜單並難不倒我，這什錦前菜菜名下面的解說中卻有一字我不懂：pistou，這是什麼？指給良露看，她也不明白，而咱姊妹越是不明白就越好奇，再說什錦前菜一共有五樣菜色，一樣吃上一兩口，合胃口固然好，就算不對味，才兩口有什麼關係。

菜一上桌，大圓盤分成五格，正中央是軟質新鮮乳酪，淋著青綠色油醬，也就是菜單上寫的 pistou，我一嘗，咦，是羅勒和橄欖油，還有濃濃的蒜味，味道好像義大利青醬，但質地較細滑，難不成 pistou 就是 pesto，只是普羅旺斯方言的拼法不同？

「這個你可以研究一下，」姊姊說，「普羅旺斯曾是羅馬帝國的行省，pistou 和義大利青醬可能有所關聯，這或是你寫作的題材。」良露一向熱愛旅遊，又喜歡閱讀且無所不讀，這讓她成為雜學的知識型旅人，對於異地的風土人文，常有不俗的觀察角度。這樣的姊姊令我佩服，她的指點我聽進去了，回荷蘭後果真乖乖上網、看書、查資料，在其後兩三次無姊同行的普羅旺斯遊中，還小小地做了田野調查。

簡單講，普羅旺斯青醬和義大利熱內亞地方的青醬（pesto alla genovese）大同小異，差別在於普羅旺斯人製作醬料時，蒜頭擺得更多，同時絕不加松子，乾酪也是看個人口味決定要加或不加。熱內亞青醬則少不了松子，且一定要添加牛乳做的帕爾馬乾酪（Parmigiano-Reggiano）、帕達諾乾酪（Grana padano），或羊乳製成的佩科里諾乾酪（Pecorino）。

那麼，是哪個地方率先製出青醬，究竟是誰在學誰？這一點至今仍存有爭議，不過根據考證，這兩種青醬應出自同源，全是羅馬帝國的遺風。古羅馬大詩人維吉爾便曾提過，有種美味的醬料是將藥草、鹽、蒜頭和橄欖油搗碎製成，這不正就是此二醬的基本做法。

只是食物的演變不僅有直線傳承，也常涉及橫向移植。熱內亞城邦在中世紀貿易發達，可能從阿拉伯人那裡得知松子味美，加上義大利石松亦產形狀較修長的松子，於是就把松子摻進醬裡；而普羅旺斯不產松子，當然就不會加上這一味。來源相同的青醬而今做法有異，其實正反映了人文環境在歷史進程的變遷。

在疫情較未緩解的眼下，我在家中磨製青醬，想起那年夏天姊妹倆在普羅旺斯共度的好時光，還有姊姊給我的指引，深深感到告別塵世已逾六年的姊姊其實從未走遠，她在南法豔陽下好奇張望的身影、臥在石屋客廳安樂椅上認真閱讀普羅旺斯史的神情，始終留在我的腦海當中，更早已嵌入我的心底。

在餐廳遇見昔日的自己

回台北快六年了，每逢好天氣，就很懷念客居歐洲時，夏季偶爾不想做飯，便會找家餐館，在戶外座位悠閒地用餐。有了夏夜和風來調味，那一頓晚餐總是格外可口，可惜在台北，這般美好的夜晚卻難得有機會複製，誰教這城市寸土寸金，長夏又悶熱難當，一年當中適合露天用餐的日子委實不多。凡此種種，都讓市區設有露天座的餐館如鳳毛麟角，我尋尋覓覓，總算在中正紀念堂附近找到一家。

餐廳名為「香色」，算是台北的「潮店」，開在公寓一樓，有個院子。其裝潢據稱為南法鄉間風格，在我看來卻有一點殖民地調調，尤其是晚間亮起昏黃的燈光時，室內室外影影綽綽，頗有幾分三〇年代法屬印度支那的風情。

至於餐食，西方面貌中有亞洲味道，且一如店名，重香也重色，盤上除了主要食材外，往往還會多加一些色彩和佐料，不但能讓菜餚的視覺和味覺更加繽紛，也可以展現主廚的創意。如此手法是恰到好處或略嫌多餘，端視吃客自由心證，重視品相美感者想來會喜愛，我呢，則覺得精簡一點也無妨。

坦白講，香色帶給我最大的驚喜，並非不俗的裝潢和餐食，而是它坐落的地點。頭一回上門前，我上網查地圖，發覺它位於曾經熟悉的街坊——大學剛畢業時，我和好友曾在餐廳坐落的小街上合租了一間小公寓，室內才八、九坪，勉強隔成一房一廳一衛浴，還有個小廚房。

那時我尚未找到固定職位，平日除了教兒童美語，就是接案做文字翻譯，工作機會斷斷續續，收入很少，手頭自然拮据，幸而有這小廚房，讓我得以自炊自食，省了不少錢，也因此養成烹飪的習慣。然而那公寓委實太小，我和室友住在裡頭老覺得磕磕絆絆，因此不到一年便另覓住處。我的生活重心逐漸移往台北東區邊緣，慢慢淡忘了此地，連住址也記不得。

那一天傍晚拐進小街，走近香色時，我瞧著眼前的老公寓，心想「不會吧……」，一進院子便請教服務員，證實昔日的蝸居就在樓上。

我在戶外就座，抬頭打量當年的住處，我的那張單人床就擺放在這扇朝向庭院的窗邊。昔日正值青春年華的我，待在樓上狹小的廚房煮炊時，當然怎麼也料想不到，自己日後會移居歐洲，十餘載後又按捺不住對故土的思念，偕夫返回台北，並在一個溫暖但並不燥熱的傍晚，坐在這院子裡，啜飲著不趕緊喝就會走氣的氣泡水，並懷想起過往人生種種起伏。

眼前景物依稀有舊時樣，然而時光終究不饒人，我跟這幢樓房一樣，變老了。

湯頭蒜
孩男間鄉與

好友送來家鄉雲林的土產。十大球日曬風乾的蒜頭，連莖帶葉，如綁麻花辮似的，編織成長長的一束，不能說不像我在普羅旺斯鄉間市集常見的蒜串，多少有一點異國風情，但是那褐黃的辮子中還纏著窄窄一條紅底台灣花布，又讓這一串蒜帶著親切的本土色彩。

送蒜的朋友是時裝設計師，定居台北多年，從行業性質至外表打扮，都走在時尚和創意的前端。然而出身農村的他，本質上仍是昔日那個庄腳囝仔，事業有成後，在盆地邊緣買了一小塊農地，栽果種菜，以親近泥土，且一有空便返鄉，和年輕一代農友交流，提供他在設計與行銷上的專業意見，以回饋鄉里。這一串既洋又台、送禮自用皆宜的蒜頭得以上市，便出自他和另一位時尚界友人的建議。

十球可不少呢，該如何應用？是要按照西式做法，整球澆上橄欖油，進烤箱烤軟，配牛排吃，還是掰開成一瓣瓣，不去皮，加根莖蔬菜與雞腿一起烤？又或者，將蒜瓣剝成蒜仁，拿來煮台式蒜頭蜆湯或雞湯？正思索著，瞥見食櫥中剛買兩天的乾燥鼠尾草，眼光又飄回蒜串時，心頭一動，有了主意：來熬一小鍋南法風味的蒜頭湯吧。

頭一回喝到這道湯品時，我才剛上大二，和一位法國年輕人當了一段日子的「半室友」，蒜頭湯原始的食譜正拜其所賜。然而，為何只是一半的室友呢？只因和他一起合租兩房一廳小公寓的，並不是我，而是我的姊姊，不過姊姊當時忙著談戀愛和工作，經常東奔西跑，並非天天都待在那頂樓加蓋屋子裡，而公寓又坐落在我就讀的大學附近，姊姊打了把鑰匙給我，我沒課就去那裡看錄影帶、聽音樂，碰到第二天一早八點有課，前一晚便索性留宿，常常一人獨占姊姊的大房間，卻連一毛房租和水電費也沒付過。

小公寓位於安靜的公教住宅區，居住環境單純安全，但是姊姊終究是二十來歲的年輕單身女性，為防範宵小，也為了讓公寓多一點人氣，在獨自租屋一段時間後，經朋友介紹和房東同意，以極少的租金將鋪著榻榻米的小房間，分租給來台學華語的外籍學生，來自南法鄉間、名喚皮耶的法國人就這樣成為我姊的室友、我的半室友。

皮耶（Pierre）算是法國的「菜市仔名」，其人身材中等，談不上英俊但也不醜，坦白講，就是那種讓人過目即忘的路人甲長相。他的個性也好相處，並不浮誇呱噪，也不至於陰沉寡言，只是不說話時看來有點悶，像有心事。

不知是否為了給自己的外貌添加特色，還是想讓自己看來較有架勢，他留著濃密的八字鬍，這使得他乍看老成持重，可是他那一頭蓬亂褐色捲髮底下的濕亮大眼，在很專注地看著你，注意聽你說著他可能聽不大懂的語言時，眼神有點像小狗，洩漏出其年齡並不比因早讀而未滿十八歲的我大了多少。

皮耶初來乍到，中文口語能力有限，我則是剛學法文沒多久，法語也不怎麼樣，兩人只能用英語夾著華語或法語單詞交談，可惜皮耶英語說得也不很流利，比手畫腳遂成了我們有時不得不仰賴的第四種「語言」。雖然溝通偶有障礙，我們的關係和樂，即使是「孤男寡女」，我也並未感受到一絲因「共處一室」而產生的曖昧張力，從來不會因為隔著薄薄的木板牆就睡著個異性而緊張，反而多了安全感，因為這樣就不怕夜半有歹徒入侵了。

起初，我以為這不過是由於咱倆之間缺乏「性吸引力」，還有就是我從小個性較獨立，沒什麼「女孩子氣」，又習慣把年紀相仿的男性當成哥兒們使然。後來有一回，在公寓附近瞧見他和一個長相清秀的東方男孩並肩而行，邊走邊聊得十分熱切；另一回在咖啡館，又遇到他倆促膝而談，輕聲講著法語。自我坐著的位置可以清楚看見皮耶的一舉一動，從他盯著男孩的眼神，還有小心翼翼的肢體動作，我確定了我的這位半室友渴欲的不是異性，東方男孩或是他心儀的對象。不過，我從未向皮耶談及其性取向，要知道，彼時台灣社會相對封閉保守，說到「同志」說不定只會讓人聯想起反共影片，身為「老外」的皮耶想來有他的難處，他不主動出櫃，我又何必揭穿呢？

何況，少了青春年華旺盛的性賀爾蒙作祟，兩人相處起來更加坦然自在，多好啊。再說，我們擁有共同的嗜好，那就是「吃」，且兩人都樂於下廚，閒來無事，我會在小廚房中，教他燒兩樣中式家常菜，他則利用在台北買得到的材料，向我示範其家鄉菜做法。

皮耶教我做的第一道菜，就是蒜頭湯。據他說，這是法國南部的鄉土菜，採用的食材，好比說蒜頭和乾燥或新鮮的鼠尾草，都是一般人家隨時備有的物品。在新鮮蔬果匱乏的冬日，南法農家常煮這道樸素的湯品。一來是當地盛產蒜頭，而蒜頭只要收在通風涼爽的地方，一擺數月都不會腐敗；二來則是蒜頭有禦寒之效，熱騰騰的蒜湯下肚，可讓人通體生暖，不再覺得寒氣逼人。凡此種種，都讓冬日的南法鄉村時常飄著蒜香。

蒜頭湯做法不難，我一學就會，後來煮給台灣朋友喝，也頗受好評，我猜是因為湯中加了大量蒜頭，而蒜頭也是台灣人愛吃的辛香料之故。其實，不分歐美亞非或紐澳，在世界許多國家的菜餚中都找得到蒜頭的蹤跡，愛之者讚其香又夠勁，恨之者卻認為蒜頭根本臭不可當。我的反應沒那麼極端，既不偏嗜，也並不排斥，只是在和朋友聚會前盡量避免食蒜，特別是生蒜，以免整個人蒜氣十足，令旁人退避三尺。

不過話說回來，我還是覺得法式蒜頭湯香多於臭。因為象牙白的蒜仁經熬煮後，氣味已不似生蒜那般強烈，只不過當中含有的臭味來源，也就是硫化物，的確並不會隨著受熱而徹底消散，所以依己見，蒜湯最好獨享或和親人共飲，不然就索性呼朋引伴一同品嘗，要臭，大家一起臭吧！

回首往事，我發覺生長於工人家庭的皮耶，氣質和脾性其實有一點像風味樸實卻飽滿的蒜頭湯。他那兩撇不好好梳理便顯得雜亂的八字鬍、略黑的皮膚，以及一口南法腔的法語，加總起來給人的第一印象，都和我出身巴黎中產階級的法文教授截然不同，需要經過一段日子的相處和觀察，才能體會到皮耶或因其性取向並非主流，也可能是由於他乃其原生家庭第一位知識分子的緣故，不論他自己有沒有意識到，其人價值觀已逐漸淡出「捲起袖子幹活去」的勞工階級背景，慢慢朝「穿襯衫打領帶」的布爾喬亞階級靠攏。

只是他有時在舉手投足間，仍掩不住骨子裡那股「做工的人」的爽直氣息，雙眼也依然明亮，閃露著鄉間孩子的素樸光芒。一如他愛喝的蒜頭湯，蒜瓣在褪去嚼不爛的外皮後，再經醇美的雞湯小火慢燉，濃烈的蒜味已被馴化，不再嗆辣，變得溫潤可口，可是那股頑強的蒜素氣味始終未曾消失，早已鑽入人的血液中，隨著呼吸或汗水穿透而出。

那一年寒假過後，皮耶結束在台北的課程，說要回法國攻讀博士。他待在台北的最後一段時日，陸續有其同鄉或同學過來頂樓公寓，和他一同喝酒小聚，當中一直沒有那位東方男孩。他返法前特地下廚做菜，招待數位交情好的朋友吃臨別晚餐，身為二房東兼室友的姊妹倆也受邀，男孩依然未現身。記得那天晚上，我一邊喝著蒜頭湯，一邊猜想，皮耶之所以決心返法，原因恐怕不單只是想重回學院而已……

皮耶返法後寄來過一張明信片，是南法鄉間的風景，但是他並未留下地址，我們就這樣斷了聯絡。這說來並不奇怪，我們姊妹倆和皮耶相處融洽歸融洽，然而礙於語言問題始終無法深交，隔著迢迢萬里，友情自然更難以持續，連他傳授給我的一些菜色做法，也隨著時光的流逝成為被遺忘的往事，唯獨蒜頭湯的食譜大致留了下來。多年之後，儘管時移事往，台灣社會有了巨大變化，婚姻平權也已實現，每當我在爐上煮著加了鼠尾草的蒜頭湯時，仍會想起那一雙從未向我拋來渴慕目光的濕漉漉眼睛……

今晚，就讓我用庄腳囝仔好友贈與的台灣蒜頭，來懷念一位南法鄉間男孩吧。

法式蒜頭湯

材料

蒜頭　1 球

新鮮鼠尾草　5-6 片（或乾燥鼠尾草 1 小匙）

雞高湯　6 飯碗

鹽　適量

隔夜的法式長棍麵包　4 片

冷壓初榨橄欖油　2 大匙

裝飾用的歐芹或細蔥等烹調香草

做法

1. 蒜瓣剝皮但不切或拍碎，讓蒜仁保持完整，留一瓣備用，其餘置於湯鍋中。鼠尾草置於沖茶袋中，也加進鍋中，淋入高湯，煮滾後轉小火，加鹽調味，再煮 20-25 分鐘，至蒜仁變軟。
2. 撈出蒜仁，用叉子和湯匙壓成蒜泥；撈出鼠尾草袋，棄置不用。
3. 將蒜泥舀回湯鍋中，繼續以小火加熱，保持湯的熱度但不必沸騰。
4. 尚未用的生蒜瓣切對半，切口拿來抹麵包，在已抹蒜的麵包片上淋少許橄欖油，置烤箱中烤至金黃。
5. 大蒜麵包置於碗或湯盤上，把煮好的熱湯沖下去，撒一點烹調香草即成。

後記

隨著時光的演進，我的蒜頭湯做法在細節上已與皮耶當初教我的不盡相同，但風味差別並不大，其中最顯著的區別，應該是我現在喝蒜頭湯，還喜歡加一顆半熟水波蛋，先嘗兩口湯和一半的蛋白以及已泡軟的大蒜麵包，接著用湯匙把蛋黃戳破，讓蛋黃流至湯中，原本半清半濁的湯於是變成濃湯，又是另一番滋味。

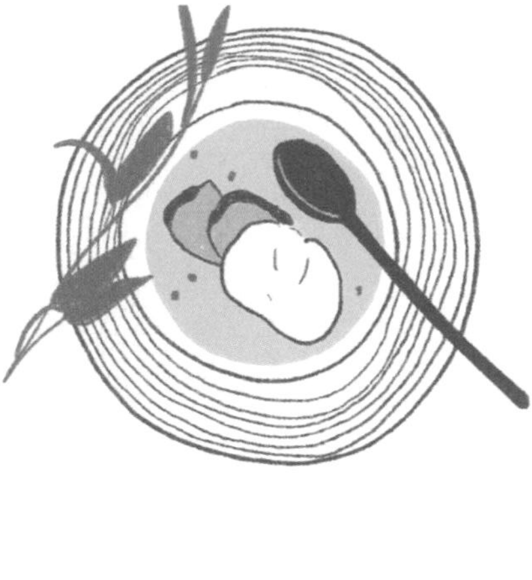

我家旁邊

疫情時期，出不了遠門，待在家中的時間變多了，索性拿來收拾房子，順便整理人生。日子一安靜，腦子就格外活絡，不時跑野馬，陳年往事爭相躍出，遙遠而真實。

超過半世紀以前，母親從高雄的國小請調來台北，任教於北投一所公立育幼院。父母帶著我的兩個姊姊北遷，父親就近在溫泉路半山腰買了一幢帶院子的洋房，母親在那屋裡懷了我。除了家裡、走路十來分鐘的外婆家和學校外，我的童年生活多半繞著家門前的巷子打轉。

那是條坡巷，坡度和緩，路面窄小，僅容一車通行。小巷兩旁林立著磨石子牆面的花園洋房、圍著籬笆的木造建築和一幢長方形水泥二層樓房。巷底有一片戰後留下的日式莊園，宅邸那時已改成育幼院員工宿舍，分隔給數戶人家居住，偌大的迴遊式庭園則是孩子們捉迷藏的好地方。在上世紀六、七〇年代，倘若要拍攝台北郊區中層家庭生活的寫實電影，鄰里這一帶算得上理想的外景地，記得也確曾有幾部國片來此取鏡。

我家坐落在巷子中段，北邊不到百米，叉出去一條死胡同，更逼仄，車子開不進去。弄側為一長條連幢的木頭平房，大人總叮囑年幼的孩子，沒事不要隨便走進弄裡。

「為什麼呢？」小孩難免納悶，明明看來就平凡無奇，難道裡頭藏著不尋常的物事？

「沒有什麼為什麼。」大人老這麼說，卻令我更加好奇，有時會趁著爸媽和保母不注意，悄悄摸出我家院子，爬上坡，到弄口張望，然而畢竟年幼膽小，始終不敢闖入，只得去問鄰居哥哥和姊姊，弄子裡面究竟有什麼奇怪的東西。

「那裡有『野雞』啦。」

這下子更糊塗了，我未曾看過有雞自弄口竄出，倒是偶爾會瞧見濃妝豔抹的阿姨側坐在機車後座，一陣風般呼嘯而過。

「那些女的就是野雞。」

我其實聽不懂，但是說話者鄙夷的語氣，令我不敢再往下問。稍長後明白，兒時的北投是「溫柔鄉」，那一排房屋乃應召女郎的宿舍，她們不去陪酒陪宿時就待在那裡。父親為了方便妻子上下班，買屋前並未多考慮，我家遂與鶯鶯燕燕為鄰。這會兒回想起來，如此大不同於「孟母三遷」的行事作風，倒也滿符合他樂天又開明的性格。

應該是我四、五歲時，有一天，父親領了一個又黑又瘦的小女孩進家門，對我說，「這個姊姊比你大，以後就由她幫忙照顧你。」

我保持著一段距離，打量著她。女孩留著西瓜皮短髮，因為暴牙，嘴巴幾乎闔不上。我到現在都忘不了當時自己小腦袋中的念頭是，「皮膚這麼黑，髒兮兮的，又醜，猴子一樣，誰要你照顧。」我年幼蒙昧，如小動物般出自本能地嫌醜愛美，可真無情。

小女孩就這樣在我家待了下來，然而她並沒有「照顧」我，家務仍由管家陶媽媽和保母分擔，她只會站在一旁，愣愣地瞧著我要麼自顧自地玩洋娃娃，要不和弟弟扮家家酒，從不踏前一步，嘗試加入。我呢，也懶得理會這個「醜八怪」。

隔了幾天，有個皮膚黝黑的男人來按門鈴，陶媽媽將我和弟弟領進屋，爸媽則帶著女孩走到院子裡，過了一會兒，我在客廳聽見院子大門嘎嗒關上，爸媽回屋，媽媽的眼眶是紅的。小女孩不見了，隨著男人走了。爸媽什麼都沒說，我直覺這不是什麼好事，最好識相一點，別纏著大人東問西問。

不過，想是因為在大致平靜的日常生活中，此事顯得太不尋常，讓我始終放在心上，未曾忘懷。多年以後，我夠大了，慢慢琢磨出童年這起風波可能的真相，就向初老的父親求證。不出所料，那黑黑瘦瘦的小女孩果真是他跟那男人「買」來的。

那一天，正值壯年的父親經過弄口，聽見有小孩子哭喊，聲極悽厲，生性好奇的他走近一看，原來是男人要把女兒賣給妓女戶。

「我一聽，這麼小的孩子，才八、九歲，怎麼可以！就掏出錢來給了那男的，把孩子領回來。誰知道才過沒兩三天，那男的又找上門來，硬要把她帶走，說她是他的女兒，他要帶走就帶走，我管不著。這傢伙可惡歸可惡，但他也沒說錯，我非親非故，有什麼辦法，只好隨他去。」

「那他有沒有把錢還你？」

「沒有，」父親搖頭，「算了，無所謂，記得也沒多少錢。」

「那你不怕那個男人又把孩子推入火坑？」

父親沉吟良久，並未回答，我猜不出他心裡怎麼想，也不忍揣度，父女倆就這樣默然對坐，任憑一團沉重的空氣堵在我們之間，直到父親拾起老花眼鏡，攤開茶几上的報紙，低頭讀了起來。

那一刻，我強烈感到，人生何其不公平，而我又何其有福，這使得我既慶幸又感到負疚不安，這樣矛盾複雜的情緒成為心頭的一抹陰影，至今未嘗消散。

週六的
三明治套餐

每當有人問我最常去哪一家餐館，而我說出答案時，總是看見對方面露驚訝之色，他們都沒想到，那竟是一家小型連鎖咖啡店。每逢週末，除非颳大風下大雨或身體不適，我和我的二姊都會來到這裡吃午間的三明治套餐。

二姊大我三歲，因為出生時難產造成腦神經受損，智力遠較大多數人低，是所謂的憨兒。她平日住在庇護機構，週五下午回家度週末。庇護中心是團體生活，三餐需顧及一般口味，中式餐點自然是主流，然而二姊從小跟著老饕父親吃遍中西美食，養成華洋並蓄的胃口。大姊還在世時，週六中午總帶著二姊四處打牙祭，有時港式飲茶，有時西餐，偶爾吃日本料理，大姊曾告訴我，二姊似乎最愛吃沙拉和三明治。

大姊走了以後，二姊再也不肯到處嘗鮮，每一回都要求到同一家咖啡店吃三明治。起初我真不明白，為什麼二姊非要來這裡不可，而且每一次都吃差不多的東西，三明治口味可以變動（但變來變去也只有四、五種選擇），沙拉和牛奶咖啡則一定要有，她難道不膩嗎？

多次相伴之後，慢慢地揣度出可能的原因。一來是三明治套餐乃一人一份，大家各吃各的，雙手不靈巧的二姊用不著請求別人替她夾菜，這讓她較不緊張；二來則是，二姊除了有智障外，還有輕微的自閉症，我以為的「一成不變」其實能夠讓她安心，況且這家咖啡店不放熱鬧的流行樂，終日流淌的是洗練的爵士樂，加上午間時段人潮多半不擁擠，對有自閉傾向的二姊來說，這些都是長處。

我通常點兩份不同的套餐，一份三明治切兩半，一半自己吃，一半交換，讓二姊兩種口味都吃到。餐點統統上桌後，她先吃沙拉，跟著吃三明治，然後是我讓給她的濃湯，最後才喝牛奶咖啡。我呢，不是讀著我隨身帶著的小說，就是滑手機看臉書，偶爾抬起頭來，替坐在對面、吃得半張臉都花了的二姊擦擦嘴或拭鼻水。

那一天，我有點累，不想看書，也沒興致滑手機，就邊吃邊靜靜地注視著二姊。二姊雙手捧著三明治，咬了一大口，眼睛半閉，咀嚼著，神情非常專注又享受，也許是察覺到我的目光，她睜開眼睛，看著我，呵呵地笑了。

「阿雯，你在笑什麼？」

「高興啦。」

「高興什麼？」

「良憶愛阿雯。」

猝不及防，淚水自我的眼角滑下；看來癡傻的二姊，原來什麼都明白。

拉麵中的青春之味

為了一碗拉麵，我來到熊本。這裡有家老店名叫「桂花」，它在東京的一家分店原是我的心頭好，這會兒好不容易到了九州，怎可不造訪熊本的本店，吃上一碗？

且容我將時光推回至快滿二十五歲的那一年新春，趁著農曆年假，我首度到日本自助旅行。彼時我工作雖穩定，收入卻不多，各種花費都需要精打細算，因此行前便決定全程八天只能享用一頓大餐，其他時候吃丼飯和拉麵等平價美食就可以。

記得初抵東京的傍晚，我和旅伴從中野的小民宿出發，搭著火車在新宿下車。大街上霓虹燈閃爍，炫目懾人，我們拐進小巷覓食，看見一家麵店門口有人在排隊。春寒料峭，冷風刺骨，竟還有人大排長龍，這麵想必美味，我們遂也加入隊伍，從而與桂花拉麵初相遇。

由於是第一次上門，兩人毫無概念，索性都點基本款拉麵，麵碼有偏肥的日式叉燒肉、筍乾和半顆滷蛋，湯頭則是從未嘗過的九州風豚骨高湯。湯已熬成白濁，浮著褐色的痲油，還加了爆香的蒜頭，看來較東京風醬油清湯濃稠許多。正是那湯頭，給了我味蕾重重一擊，其味重鹹且油，與印象中清爽的「和風」大不相同，談不上細緻，但別具質樸粗獷的鄉土味。

年輕的我胃口好，大口吞下韌勁十足的麵條，喝著熱呼呼又香濃的湯，覺得從胃裡暖至心裡，踏實而滿足。從此，每一回到東京，必定去桂花吃碗拉麵，幾乎將之當成我在東京的某種儀式，直至千禧年移居荷蘭方才休止。

事隔十餘年，我和丈夫首度造訪熊本，旅程第二天中午便按著 GPS 導航，從住宿的大飯店步行去桂花本店。同樣點了最基本的拉麵。

湯一入口，依舊濃香滑順，又鹹又油，多喝幾口以後，卻覺得那湯頭厚重得讓我吃不消，看看坐在對面的丈夫，倒是吃得窸窣有聲，很香的樣子。

「頭一回吃，如何？」

「好吃，」他邊吃邊回答，「但是重鹹重油，吃這一次也就夠了，年紀大了，身體受不了。」

唉，誠然如此，桂花拉麵依舊，只是我不一樣了。年華不饒人，如今我出門旅遊用不著錙銖必較，卻已失去旺盛的胃口。我瞧著喝不完的湯，發覺那裡頭藏著消失的青春。

我家的餃子

今天，是我的餃子日。

我參加一場公益募款活動，名為「島嶼百工尾牙」。說是尾牙，但現場並無老闆、員工之分，因此更像是派對。席上端出的並不是大魚大肉，而是各種不同餡料的餃子，口味皆家常，做法來自飲食行業不同人士的私房配方，我也應邀提供我家的食譜。這些現包現煮的餃子並非免費任人享用，食者皆需付費，款項收入扣除成本後，全部捐作公益。

而我，一點也不在意沒人請我吃餃子。在這寒風颼颼、冷雨淅瀝的冬日，能參加這樣溫馨的活動，幫到有需要的老人和孩子，還能吃上幾口剛起鍋、熱氣氤氳的餃子，遠比大啖山珍海味更能讓我感到身心俱暖，不由得想起中國北方那句老話：「好吃不過餃子」。

我提供的是青江菜豬肉餃做法，此餃常見於我童年和少女時代。那些年頭，只要父親或母親想「換換胃口」，兩人中有一人提議「來包餃子吧」，十次有八次，包的就是青江菜豬肉。

包餃子多半在假日，負責切菜、調餡和包餃子的，主要是大人，小孩則在一旁湊熱鬧。還記得手巧的父親包的餃子特別好看，一隻隻飽滿挺立；我的呢，扁扁地趴在盤上，幸好捏得夠牢，不至於一煮就漏餡。

由於我的江蘇爸爸、高雄媽媽加上幫忙家務的歐巴桑，都是所謂南方人，並不善於手擀餃皮，因此我家用的是市售現成餃皮。餡料則比較講究，青江菜需先剁碎、撒鹽、抓一抓，再擰去多餘水分；豬肉用的是帶一點肥的梅花肉，絞兩次；調味料有蔥薑末、鹽、麻油、紹興酒和一點醬油。關鍵是，菜肉餡中一定要加剁成細末的開陽（蝦米）來提鮮。

這是父親的做法，也是母親最愛的口味，可是這會兒想起來，我爸根本就是拿上海菜肉餛飩的餡來包水餃嘛。父親的故鄉和上海僅僅一江之隔，他年少時食餛飩多於餃子。

更妙的是，我們家始終把青江菜稱為「青剛菜」，我直到上了國中，有一回和同學雞同鴨講一番後，才明白此菜為青江，非青剛，只因父親鄉音太重，在他口中，長江變成長剛，而青剛菜其實應是青江菜。

那一刻，味蕾大動

別看我如今白白胖胖、大大咧咧，其實我兒時曾經非常文靜秀氣，從不調皮搗蛋，是長輩心目中乖巧可愛的小女孩。這個乖孩子只有一樣不大好——太偏食了，肯送進嘴裡的食物就那幾樣，倘若逼我吃我不愛吃的，立刻號啕大哭，只差沒有拳打腳踢，和平日柔順的模樣判若兩人。

媽媽為了治療我的偏食，帶我訪遍小兒科名醫，想弄清楚這孩子到底是肚裡有蛔蟲，還是哪裡不對勁？醫師皆束手無策，我雖然比同齡孩子矮小，但是健康並沒有問題，不需要開藥。我偏食如常，誰也拿我沒辦法。直到有一天，我在媽媽的珠寶盒中發現一串散落的珍珠項鍊。

那是我升小學二年級的暑假，由於早

讀一年，六歲半還不到。記得是一個尋常的下午，媽媽在小房間裡午睡，我打開主臥室的嵌入式大壁櫥，拿出她藏在最裡面的珠寶盒。彼時，我不愛吃卻愛漂亮，尤其喜歡各種亮晶晶的飾品，常趁著媽媽不注意時，偷偷試戴她的首飾。

盒中有串珍珠項鍊的線斷了，好幾粒珠子滑落到角落，我捏起其中一粒，按照跟媽媽學來的辨別珍珠真偽方法，用門牙輕輕摩擦。媽媽說，如果能感覺到沙沙的，就是真的珍珠。

那粒珍珠在齒間果真沙沙的，我就著窗外的陽光，仔細端詳那圓潤的珠子，乳白微黃的色澤竟令我聯想起冰箱裡經年都有的進口奶油，或稱牛油。我突然覺得肚子餓了、非得吃些什麼不可，那是我生平頭一回意識到自己有強烈的食欲。

我走進飯廳，打開大冰箱，拿出門後架上的黃色包裝奶油罐，用那粒珍珠挖取奶油。冰冷的奶油包覆在珍珠上，入口即融，一股純粹的芬芳奶味在口中散開，珍珠則在舌尖和唇齒之間滾動，渾圓而堅實。

「融化的奶油好香、好好吃啊。」我暗暗讚嘆著，於是一再用珍珠沾取

前輩作家何凡給這美式糕點取的中文名稱，其實就是甜甜圈（donuts）。

小亨利應是我第一個虛擬同伴，他讓兒時的我感覺到，在世上某個地方，有個和我年紀差不多的小孩，跟我一樣，偶爾會因為淘氣而被大人責罵，甚至受到冤枉。當他需要一點慰藉時，會去家附近的快餐店，坐在長條櫃檯前的圓凳上，點一杯蘇打水和一塊多福餅。

彼時，我家住在新北投，距離北投公園不遠，公園邊上有家西式糕點店兼賣咖啡、紅茶，店裡的裝潢一如漫畫裡的快餐店，也設有旋轉圓凳，可讓客人坐在吧檯前，看老闆現榨果汁或沖煮咖啡，店裡沒有蘇打水，甜甜圈倒是有的，我每去必吃。（多年以後我才發覺，漫畫裡的蘇打水指的就是汽水，小店根本就有賣，不過這是後話了。）

小店的甜甜圈和當時其他麵包店裡或有的台式甜甜圈，模樣差不多，味道、口感卻不同，拉扯起來沒有麵團的韌性，一掰就開，質地比蛋糕扎實，有點像如今連鎖甜甜圈店的「歐菲香」，但較鬆軟，合我的胃口。更重要的是，這香甜的甜甜圈或多福餅，是當時我和小亨利之間唯一實質的聯繫。年幼的我坐在圓凳上，吃著這異國風味的糕餅，揣想著遠方的小朋友日常生活會是什麼光景。

這會兒，我已去過遠方，且又重返故鄉。我不時仍會去公園走走，小店早已不見蹤跡，如今再也沒有人稱呼甜甜圈為多福餅，可是我從未忘記小亨利，以及曾經嚮往遠方的童年。

新春剩菜變洋食

回台定居轉眼進入第八個農曆新年了。還住荷蘭時，生活周遭沒有一絲過年氣氛，每逢除夕，我除了早上插上一瓶報春的水仙花，晚間多炒兩道中式菜餚，並算好時差打越洋電話向父親請安拜年外，其他的過年儀式都省略，連春聯也不掛，對我和洋夫婿而言，春節不過是平常日子而已。

回台以後可不然了，雖然如今禮俗已不像古老時代那麼講究或繁瑣，但是不論在商業上或傳統上，農曆新年都還是最重要的節日，除夕祭祖、敬神和圍爐守歲的習俗猶存，各種年俗的宗族與文化意涵也尚未消失。說不清從哪一天開始，服飾店和百貨公司簡直像說好了似的，開始咚嚨嚨嗆地播放賀年歌曲，傳統市場則紛紛擺出各色糖果和中式糕餅，接著下來又有一天，熱鬧的街邊或傳統市場裡，出現專賣春聯和紅包的攤位，大紅描金，俗豔而喜氣，張揚地宣告春節來了。

我呢，在春節氣氛的感染下，自返台後也開始「過年」了，更擔起操辦年夜飯的責任，每年大年除夕多則八人，少則五人會來我家吃團圓飯，我多半在過年前半個月就備好臘肉、香腸或醉蝦、醬鴨等可以冷凍的年菜，並提早一週左右到大賣場、超市和主婦聯盟消費合作社辦點南北乾貨，除夕當天和之前兩天，更是天天一早至傳統市場報到，採買新鮮土雞、鮮魚和青蔬等生鮮材料。

從小年夜當天起，我有整整兩天，不是忙著買菜，就是埋頭燒菜。一年一度的年夜飯，哪裡可以不擺上一大桌菜呢？這一桌的大火快炒、細火慢燉與湯湯水水，著實琳瑯滿目，桌邊的人看得也吃得眉開眼笑，卻累煞了下廚的人，也就是我。

於是，每一年的大年初一，我早上起床，一邊喝著也是自己煮的蓮子湯，一邊發誓，這是最後一次一手包辦年夜飯了，來年要麼去外頭的餐廳或大飯店圍爐，要不都靠外帶，自己就炒一大鍋十香菜，大年三十晚頂多再乾煎一條魚得了。「而且，韓良憶，有件事你一定要記得，」我告誡自己，「年夜飯必須少準備幾道菜，不要每次都是一大桌，搞得剩菜一堆，冰箱都塞不下。」

話說如此，每年一過元旦，我卻又開始心軟（或反過來，是下廚的意志又堅定了），想說大年除夕團圓吃家傳美食的傳統，怎能在我這裡斷掉？就這樣，我年年在春節前忙著烹煮豐盛的年菜，春節期間又致力於解決剩菜和用不掉的食材，如此周而復始，漸漸也琢磨出將多餘年菜變為新菜色的心得。

我打發春節剩菜有一大原則，既然要變，就變得徹底一點，最好能將之改頭換面，由根做起，索性打破烹飪中菜的思維，利用西式手法來重製這些菜餚或食材。當然我得承認，這和我的丈夫是歐洲人也有關係。這位先生雖也愛吃中國菜，可是如果天天吃，他的洋胃口可受不了。

且讓我透過兩菜一點心，以實例來說明我的春節剩食變洋食的方法。

先以台式餐桌上過年常有烏魚子為例，一旦煎或烤過並切成片，下一頓再加熱吃，魚子油潤不再，美味大減，一般會想到的，常是拿來炒飯，我則喜歡將之切成小粒或磨成粉狀，加橄欖油、蒜頭，拌義大利麵，最後加一小撮青蒜絲點綴兼提味。這做法可不是我異想天開，愛吃烏魚子的原就不限台灣人，西西里、薩丁尼亞、威尼斯、普羅旺斯和希臘等地中海沿岸地區的老饕，也都嗜食此味，各自都有用烏魚子製作的當地特色菜。我自己頭一回吃到烏魚子麵，就是在水都威尼斯。

有了澱粉主食，再是一道主菜。台灣人家拜拜的全雞，一頓年夜飯吃不完，隔一兩頓不是原樣白斬上桌，就是拿去加蔥薑蒜和醬油煮一煮，或許不難吃，但明顯就是剩食。我呢，會將雞肉加上洋蔥、甜椒和鴻喜菇等耐烤的蔬菜，還有罐頭濃湯和起司絲，來做焗烤菜，包準大夥吃不出來這是在打發剩菜。此菜的做法得自美國飲食文學家M. F. K.費雪的啟發，原食譜收於其大作《如何煮狼》，用的不是雞肉，而是魚罐頭。同理。因「年年有餘」而刻意留下的零星魚肉，或吃剩的白切肉乃至滷牛肉等，也是烤製此菜的好食材。

接著，該吃甜點了。過年少不了得有年糕，是甜粿也好，紅豆粿也好，一般不是蒸、煎就是蘸麵糊炸，多吃兩回真的很膩。我看到朋友拿春捲皮包裹年糕油炸，十分別致，從而得到靈感，遂買來市售的冷凍酥皮，稍解凍後，將小塊的年糕當成內餡，包裹成小枕頭形狀，入烤箱烤至金黃香酥，非常討喜，小朋友尤其愛吃。

除夕過去了，家裡的冰箱和冷凍庫是否塞滿了剩菜？一再加熱也不是辦法，何不換換口味，利用剩菜來做西菜吧。

烏魚子義大利麵

材料

烏魚子
義大利麵　Spaghetti 或 Linguini
蒜頭
青蒜
檸檬
不甜的白葡萄酒或煮麵水
冷壓橄欖油

做法

1. 取一只深鍋，注水約 7 分滿，水滾後放入一把義大利麵，再次水滾後煮 8-10 分鐘，撈起備用。
2. 蒜頭剝皮切片、青蒜切絲、檸檬切片、吃剩的烏魚子切小塊。
3. 把橄欖油倒進鍋中，以中火燒至七分熱時轉小火，加蒜片煎香但不焦。
4. 放入煮好的義大利麵、烏魚子塊拌炒，以適量鹽、胡椒及白酒（或煮麵水）調味，起鍋後綴以青蒜絲和檸檬片盛盤即可。

焗烤起司雞肉盅

材料

白斬雞肉　一小盤
罐頭濃湯（如康寶雞濃湯或蘑菇濃湯）
洋蔥（小）　1 顆
甜椒（青紅黃不拘）　1 顆
任何新鮮蕈菇（杏鮑菇、鴻喜菇）
焗烤用起司絲

做法

1. 白斬雞肉去骨切丁、洋蔥切絲、甜椒蕈菇切小塊。
2. 把橄欖油倒進鍋中，炒香洋蔥絲、甜椒與蕈菇，以鹽、胡椒調味後熄火。
3. 取一只深烤盤，依序放入炒香的洋蔥絲、甜椒、蕈菇、雞肉丁，倒入雞濃湯至淹滿食材後，把起司絲鋪在最上層，放進已經預熱到 200 度的烤箱中，如果是歐式 220 瓦的熱風大烤箱，則用 180 度，烤 20-30 分鐘。

註：家用烤箱因上火空間較小，如果怕烤焦，可以先蓋上錫箔紙，最後 5 分鐘再拿掉錫箔紙，烤至表面金黃。

酥皮年糕佐冰淇淋

材料

年糕（甜粿或紅豆年糕）
起司絲或起司片
冷凍酥皮
雞蛋
芝麻
市售冰淇淋（如用紅豆年糕則抹茶口味，甜粿的話，就隨個人口味）

做法

1. 冷凍酥皮先置於室溫稍微解凍後，取一張酥皮對切成兩半。雞蛋打成蛋液備用。
2. 年糕（甜粿）切小長條狀，放在切半的酥皮中，包起來，表面刷上蛋液，最後再撒上芝麻裝飾。
3. 把包好的酥皮年糕放進預熱至 200 度的烤箱，視烤箱火力烤約 20 分鐘就可以送進口中大快朵頤啦。
4. 建議還可以挖一球冰淇淋一起吃，享受冰火二重天的快感。

吃沙拉的好日子

在地下樓小吃街的卡式沙發坐定後，我問身邊的人要吃什麼。「沙拉、麵包。」她毫不猶豫，立刻回答。我根本是明知故問，因為每逢週末，我們總有一天中午來到這裡，吃她最愛的沙拉，各種生菜上淋了甜酸濃稠的醬汁，加起司堅果，換成鮭魚也行。

愛吃沙拉的，是我的二姊，我們都叫她阿雯。

二姊平日待在啟能中心，按她的說法是去「上學」，週五下午才回家度週末。阿雯喜歡上學，更期待週末來臨，週末有咖啡店的三明治和沙拉，還有小吃街的麵包加沙拉。總之，非得有生菜沙拉不可。

我猜想，這可能是由於她平日在啟能

中心幾乎都吃中式餐點的緣故。都說人的口味往往是家庭養成，而先父喜歡吃西餐，常吃的菜色包括五分熟牛排和生菜沙拉，這也使得我家四位手足從年幼起便有華洋不拘的好胃口。阿雯呢，既然週間多半吃中菜，到了週末自然想換換口味。

在西菜中，阿雯最愛的應該就是沙拉。但不知這和她始終沒學會用餐刀是否有關。她吃牛排、豬排或雞腿排時，得仰賴別人替她切好一小塊一小塊才能進食，而沙拉的食材往往已撕過或切成小片（生菜、洋火腿或燻鮭魚），再不就是已被搗碎（洋芋泥或罐頭鮪魚），她只要一手拿叉，另一手持湯匙，不必勞駕別人，便能自食其力。二姊即使智能有障礙，也是擁有獨立人格的人啊。

因為阿雯愛吃，我偶爾也會在家拌沙拉，只消將可生食的蔬果（萵苣、番茄、小黃瓜、甜椒等）洗洗切切、瀝去多餘水分，配上冷肉、燙過放涼的蝦仁或起司，拌上醬汁就行，多麼簡單。尤其是當我的荷蘭夫婿也一同用餐時，一盆沙拉可以討好一華一洋兩位家人的胃口，何樂而不為？

沙拉做法雖簡單，卻是流傳已久的「老菜」。西方人吃沙拉至少有六、七百年歷史，中文的「沙拉」想來譯自英文，而 salad 這個英文詞彙，來自拉丁文的sal，也就是「鹽」。自sal衍生出salata，此詞彙的意思是「加了鹽的東西」。古英文中的sallet，現今法文中的salade、德文的salat、義文的insalata、西文的ensalada以及葡文中的salada，都來自同一詞源，指的都是主要食材無需烹煮便可食用的涼菜。

不管各國先人如何稱呼沙拉，基本做法都大同小異，就是將生蔬果和香藥草，拌上油、鹽或醋汁就好了，直到現代，這仍是最普遍的做法，整個歐洲不分南北或東西，旅客如果在家常小館點一份生菜沙拉，端上桌的各種生菜中，多半就只拌著油、醋或檸檬汁，還有少許的鹽，這就是最基本油醋汁（vinaigrette），只是隨著各地物產的不同，用的油和醋汁原料不盡相同而已。

有意思的是，油醋汁的材料容或不同，不同國籍的大廚們卻往往援用相同的「黃金比例」來調醬汁：三份的油加一份的醋，鹽則看個人口味，通常小小一撮即可。此一比例也有至少三百多年的歷史了。十七世紀末，英語世界出版了第一本專講沙拉的書，名為《涼菜》（Acetaria: A Discourse on Sallets），當中就談及「理想醬汁」的做法如下：「清澈上乘且無瑕的橄欖油三份，最濃烈的醋、檸檬汁或橙汁一份，將幾片辣根浸在汁中，加少許鹽。」除了加辣根外，這不正也是當今普及的做法嗎？

當然，如此簡約的油醋汁，哪能滿足嘴刁又求新求變的現代饕家？近百年來，沙拉不管是在種類上還是口味上，都越來越變化多端，特別是在遠離古老歐陸的西洋國家，好比說美國就發明了最多種花式沙拉和新式醬汁，近年來甚至盛行溫沙拉，把原本的「涼菜」變熱了。

如今在台灣很常見的「凱撒沙拉」，還有在台灣最盛行的「千島醬汁」便皆是源起北美洲。前者是美墨邊境一家義式餐廳墨裔老闆兼主廚首創，因其人名喚凱撒，菜名就被稱為凱撒沙拉。千島醬汁則純粹是美國發明，據說創製者是二十世紀初紐約州北部聖勞倫斯河千島一位漁家婦，她以美乃滋為底，摻了辣椒汁、青椒末、酸黃瓜末、鹽和胡椒等，調製出質地滑潤，滋味酸甜濃重的醬汁，款待一位紐約名伶，結果大受歡迎。

千島醬汁顯然也很合台灣人胃口，記得我小時候跟著父母去吃西餐，生菜沙拉上澆的一定是這種濃稠醬料。直到現在，如果我帶二姊去吃歐式自助餐，讓她從餐檯上自選沙拉醬汁，她每一回都會指著橘色的千島醬。她的智力無法讓她說清楚醬的名字，她自小就培養的胃口卻使得她無誤地做出最愛的選擇。

前一陣子，啟能中心的保育員在家庭聯絡簿上寫道，二姊那兩天在睡夢中會夜咳，不知是不是生菜沙拉等生冷食物吃多了。當晚正好是阿雯返家度週末的第一頓晚餐，我原本想拌一盆時蔬沙拉配烤雞，看到保育員的提醒，立即改弦更張，轉而燙煮了蘆筍、毛豆和紅、黃甜椒，淋上蜂蜜芥末油醋，拌了一盤「溫沙拉」，最後還撒了一把榛果和幾片薄荷葉，自認是神來一筆，得意洋洋地端上桌。

我舀了三大匙，置於玻璃碗中，遞給二姊，一邊說：「阿雯，今天晚上吃沙拉喔。」她拾起餐匙，立刻吃了一大口。

「好不好吃？」

「好七，」她因為嘴裡還有食物，口齒更加不清，「沙拉呢？」

「這就是沙拉啊。」

她轉頭朝廚房裡頭瞧了一眼，接著狐疑地盯著自己面前這一碗五顏六色的菜，又說了一次，「沙拉呢？」

哎呀，我明白了，對心智宛若幼兒般單純的二姊而言，沙拉就該是涼的、生的，熱熱的溫沙拉就不是沙拉啊。

「沒關係，我們明天再去地下樓吃生菜沙拉，配烤麵包，好嗎？」

「好！」二姊笑逐顏開，吃沙拉的好日子又要來了。

酸甜果香橄欖油沙拉醬汁

材料

冷榨特級橄欖油　½ 杯
柳橙汁（柳丁汁或葡萄柚汁亦可）　2 大匙
檸檬汁　2 大匙
鹽
胡椒

做法

1. 將所有材料裝進有蓋的容器（好比洗淨烘乾的空果醬瓶）搖勻，或置於大碗中用打蛋器打勻即可。較適合佐生菜加海鮮或雞肉，做成清淡的沙拉。

柳橙優格沙拉醬（可拌四人份的沙拉）

材料

不含糖的鮮乳優格或希臘式優格　200 毫升
美乃滋　4 大匙
檸檬汁　2 大匙
柳丁（進口臍橙或本土柑橘亦可）　2 顆
歐芹末
鹽
胡椒

做法

1. 其中一顆柳橙擠汁，混合優格、美乃滋、檸檬汁、歐芹末、鹽和胡椒，攪拌均勻。
2. 另一顆柳橙洗淨，削下黃色的皮，切成絲，留用。然後去皮取果肉，切碎，連汁帶果粒一同拌入根據做法 1 調好的醬即可。此醬適合拌含有海鮮、冷肉和水果等食材的沙拉，當成烤豬肉的蘸醬也不錯。

碗粥來冷天廣東

這一天中午得錄音，特地提早來到電台附近的粥粉麵老店，點了一碗魚生粥；天冷又沒有什麼胃口時，我愛喝熱騰騰的粥。午餐時刻未至，店裡沒有別的客人，粥很快便端來，濃湯似的白粥上撒了油條和蔥花，正是我從小熟悉的廣東粥模樣。

我頭一回喝到這種港式粥品，應是在台北的紅寶石酒樓。當時的我才剛上小學，對父母點的那一碗「狀元及第粥」特別好奇，因為我愛當小跟班，常陪爸爸去聽京戲，而這粥的名字分明就是劇名。

坦白講，我當時看戲根本搞不懂台上的人在唱什麼，只是貪看旦角頭上的珠翠水鑽，亮晶晶，璀璨耀眼。而「狀元及第」意味著戲中會有一個衣飾華美的狀元，身披刺繡錦袍，頭戴官帽，神氣亮相；狀元夫人，也就是我最愛看的女主角，則將佩戴鳳冠霞帔，雍容華貴地出場。如此珠光寶氣又喜氣洋洋，看得當年的小女孩目不轉睛。

「名叫狀元，這碗粥想必很了不起。」年幼的我或曾如此猜想。粥一上桌，媽媽替孩子一人分了一小碗，吩咐我們小口小口地啜，別燙到。我把我的那一份端至面前，用湯匙攪一攪，好讓粥的熱度加速揮發，順便看看這粥有什麼稀奇。

我分到了一兩片油條，碗中還有豬肝、腰花、雞胗。怪不得媽媽會點這粥，她最愛吃「下水」了，然而彼時我有一點偏食，不大喜歡內臟的味道，滿懷的期待多少落了空。倒是另一碗魚生粥，無刺的魚片很薄，質地非常細嫩，粥底的質地柔滑鮮香，粥名雖無奇，卻好好喝。

長大一點以後，我看食譜書，翻閱到廣東粥基本做法，簡直大吃一驚。那一碗粥，可不是清粥加上配料煮一煮那麼簡單，單是粥底就有多種材料。生鮮豬骨或雞骨少不了，還得添上干貝、扁魚乾和腐竹等南北貨，且一鍋粥一煮就是好幾個鐘頭，需將白米熬到幾乎要化了，整鍋粥濃稠乳白如糜，才算合格。

有了粥底，再來可視口味搭配佐料，雞鴨魚肉無一不可，生熟不拘。以我一食鍾情的魚生粥為例，是用極燙的粥拌合片得極薄的鯇魚或草魚，再撒點蔥薑絲去腥。此粥因魚片並未入鍋烹煮，全靠粥的熱度燙熟，故取名「魚生」，這也是魚肉滑嫩鮮美的關鍵所在。

我從此非常「務實」地作了決定，如此繁複費時的廚事，還是交給專業的餐廳師傅來料理，我只是個愛做菜的家庭煮婦，想喝廣東粥時，就上館子吧，所謂術業有專攻，我乖乖炒幾個家常菜就好了。

早安，台北

朋友間盛行「168」間歇斷食法，據說有助瘦身，我雖然看到一些成功案例，卻不為所動。原因無他，此法不讓人吃早餐，然而我始終覺得，活在台北，每逢假日出門吃早點，不但是一種閒情，更是日常生活一大樂事。

在不少人心目中，台灣的早餐勝地是台南，我以為台北的早餐風景也不差，除了老派的豆漿、燒餅外，還有大江南北、東西方各種口味任君挑選，再說，北台灣的大鍋米粉湯，南部可沒有。

我家住過東門市場一帶，那裡有兩攤著名的米粉湯，都以X媽媽為名，另有一無名路邊攤，在杭州南路巷口。三攤歷史皆久，那兩家「媽媽」更是從沒沒無聞到大有名氣，而當年那個跟在大人後頭幫忙提菜的中學女生，也早已進入哀樂中年。

這三攤的米粉湯味道差異不大，用的都是細米粉，因為生意好，不但湯頭永遠熱騰騰，且絕吃不到熬煮過久而變得糊爛的米粉，各式黑白切該脆的脆，該軟的軟，顯現老攤的功力。只是一如台灣大多數小吃，店家往湯裡加味精可不手軟，我對味精並無喜好，也不會極端厭惡，但是吃多了難免口渴，那麼，接下來去附近的「江記」喝碗豆花吧。

天氣好時，我還會「遠征」大稻埕，去吃旗魚米粉、米苔目或賣麵炎仔，要不到萬華喝周記肉粥，吃炸紅糟肉，這家粥店滋味更古早，我當年是跟著外婆來的。偶爾想吃台味西式早餐，這時就到中山堂附近，那兒有家咖啡店叫「上上」，尚供應虹吸式咖啡，早餐的煎蛋必淋醬油，真的很「台」，也真合胃口。

陰雨綿綿不想走遠時，家附近便有傳統市場，而菜市仔周邊總不缺一早就營業的麵店或小吃攤，其中必有一家生意較好，選它就對了，傳統市場的客人多半不好糊弄，不好吃的店家生意可不會好。我在市場邊上就找到這樣一家麵店，喝著滾燙的湯，吸著軟 Q 的粄條，再切盤海帶豆乾豬耳朵，庶民之樂盡在其中。近來又發現，走路約十五分鐘處有攤米粉湯，用的是粗米粉，味道不像東門市場的那麼油且香，偏清淡，但豬內臟收拾得乾乾淨淨，沒有腥臭味，油豆腐更是熱燙滑嫩又入味。

一日之計在於晨，台北的早餐為我這饞人的一天，掀開美味的序幕，也預示著緊接其後的這一天，我將看見各種新舊文化交錯、族群匯流的都會風貌。

青春涼筍湯

朋友在臉書上說，宜蘭山林地帶有農友綠竹筍大出，卻因疫情期間物流卡關，恐將滯銷。我一聽聞此事，心想筍農那麼辛苦，怎可讓這種事情發生，就一口氣訂了十六斤。台灣的夏日正是食綠竹筍的好季節，既有美筍，當然該多買一些，對吧？可是等筍子由農友親送到咱家時，我這才察覺事情有一點不妙：十六斤聽來不很多，可是水煮殺菁的十二公斤帶殼熟筍，加上當天現挖的四斤鮮筍，加起來怎麼竟然有三十多隻啊！

這下子問題來了。綠竹筍不論生熟都不宜久存，生的會繼續出青，變苦變老，熟的除非以真空密封包裝，否則容易發酵，然而我們這三口之家數日內哪吃得完這麼多隻筍子？幸好及時想起，有兩位吃貨好友住在附近，立刻發簡訊過去，不由分說，硬是各塞幾斤給人家，為保持社交距離，還不敢面交，送到大樓管理室，轉身就走。

超過三分之一的「重擔」卸下後，我身輕如燕地飛奔回家，趕忙進廚房。先處理熟筍，取出四大隻收進兩只夾鍊袋中，盡量擠出空氣，封好放冰箱，打算兩三天內當涼筍吃掉；其他的則切塊，加醬油和糖炒了一大鍋油燜筍，放涼了分置保鮮盒，也進冰箱冷藏室，這一批要當成小菜，吃上一週。至於新鮮的，拿來煮湯吧。

「是要燉雞湯好呢，還是加蚵仔煮蚵筍湯？」我站在流理台邊，一面給生筍剝殼，一面考慮著該解凍上週買的半隻烏骨雞，還是要上超市買一盒鮮蚵。

我抹去頸間細薄的汗珠，給自己倒了一杯冷泡茶消消暑，那清香冷冽的茶湯一入口，忽然有了主意——來煮涼筍湯吧，好一陣子未嘗此味了。華人一般喜歡喝熱湯，這道涼筍湯是我僅知的中式冷湯，做法來自一位好友的母親。

大學畢業後不久，我家經濟出了困難，父母手頭窘迫，不得不搬離市區，租住於山區的小公寓。我為了不給父母添負擔，留在台北，試著自立生活，最要好的朋友恰巧也因故離家。我倆「同為天涯淪落人」，一個甫出校門，一個剛開始半工半讀，都沒有什麼社會經驗，對人仍不太防備，甚至有點天真，在遭遇善惡和怪異程度不一的房東與室友，換了三處不甚理想的租居後，最終落腳於市區邊緣，以低於市價的租金，承租朋友家人空置的三房兩廳公寓，相對安定下來，和另一位在報社當記者的學姊同住，開始了我們的「女子公寓生活」。

住處坐落在山坡上，那裡沒有公車直通市區。我出門去補習班教兒童美語也好，好友去打工或到大學上課也好，都得搭小型接駁車至山腳的公車站轉乘一般公車。記得那一年夏季有好幾個月期間，每到下午四、五點，公車站附近常有位老農夫挑著攤子，在那兒兜售當天早上才掘出土的鮮筍。我和好友偶爾約好在市區會合，結伴搭車回山上，途中只要看到歐里桑，就會秤上好幾隻，回家煮一鍋涼筍湯。

兩個女生一起動手，先取利刀，在筍身直劃兩刀，以便剝除筍的外衣，接著給光溜溜的筍子整容，削去硬邊，切片，每切一小落便倒進湯鍋中，等筍片全數入鍋，便打開水龍頭，直接用鍋接水，讓水淹沒筍片，至上方四公分左右的高度為止。這一大鍋隨即端上瓦斯爐，開大火，湯一滾，撒鹽調味，蓋上鍋蓋就熄火，讓筍子在熱鍋中燜一個小時才掀蓋放涼，盛入乾淨的容器內，覆上保鮮膜，放進冰箱冷藏一夜，讓湯冷透就成了。

煮好湯的第二、三天，我們每餐各喝一碗筍湯，要麼配上從山下小吃店買來的涼麵，要不自己動手下碗麵，拌上醬油、醋、麻油和蔥花，如此一湯一麵便算作一頓。我們當時就像剛出土的竹筍那般青春，雖已接地氣，骨子裡仍有些懵懂，身體和心靈也還在成長。我們的胃口好又不挑剔，消暑的筍湯加上涼麵或乾拌麵，如此簡單樸素，就能讓我們吃得很香。好友尤其不容易，要知道她出身望族，父母皆來自中部世家，從小錦衣玉食，從未在物質上吃過一點苦。

這清涼的筍湯到底是不是好友母親的創意呢？我猜想其靈感說不定來自涼筍，再加上家常的素筍湯。好友說，打她有記憶以來，一到炎夏，此湯便不時出現在她家餐桌，她從小喝慣了，從未想過那很可能是她家的獨門食法。

「我媽雖然嬌生慣養，個性強，不好相處，」我至今記得好友苦笑的模樣，「但是她畢竟是家政學校畢業，廚藝真的不錯。」好友繼承了母親的美貌，皮膚白皙，身材高䠷，是那種任何人一見皆眼前一亮的漂亮女孩，可也因為長得美，加上教養好，大多數人都以為她是溫柔文靜、沒有個性的嬌嬌女，放眼周遭，好像也只有我明白，她其實很有自己的主張與想法，絕非不食人間煙火的千金小姐。

那個夏天過後，親情的力量促使好友和親人和解，我家因為有大姊擔起家計，經濟困境好轉，我也考進報社當編譯，工作總算穩定下來，每個月還能挪出一部分薪水幫忙家用。好友和我都搬回家中，隔了數月，她負笈美國留學，從此定居海外。我則在媒體混跡多年後，開始寫作，後來亦遠渡重洋，在荷蘭旅居十數年。

眼下，我已回到故鄉，目前的住家離當年的女子公寓直線距離僅數公里之遙。而到了夏季，在傳統市場附近，仍會看見來自山上的歐里桑或歐巴桑蹲坐在路邊，跟前鋪著一方油布，上面堆著從山裡挖來的綠竹筍，底端還沾著泥土。

我不時光顧這些臨時攤販的生意，一次只買一頓的份量，不斷更換花樣來料理：蒸煮放涼切塊成涼筍、切絲清炒、加五花肉紅燒、以父親老家做法油燜之，或拿來煮一鍋熱騰騰的湯。

怪的是，自歐洲返鄉後，轉眼數個寒暑過去了，我怎麼就單單忘了清新甘美的涼筍湯呢？直到這個下午，當菜市場因疫情嚴峻被嚴格管控，路旁不見賣筍老人家的身影，而我家廚房突然冒出一堆待烹竹筍的這一刻……

亡羊補牢。立刻煮起涼筍湯。我還要捎個訊息給異鄉的老友，儘管青春歲月早已遠去，可貴的是，我們友情始終堅貞，這些年來雖僅有緣再聚首數次，可每一回見面都覺得時光並未形成距離，我們依然無話不談，仍舊打從心底祝福對方一切安好。一如涼筍湯那在齒頰留香的美味，這般毫無算計的純真情感，始終駐守在我的心上。

後記

我後來煮的涼筍湯有兩種版本，除了清水煮筍的原始做法外，偶爾會變個花樣，煮一鍋我自己胡亂發想的高湯版，姑且稱之為「和風涼筍湯」吧。其做法與原版有兩點不同：一是改用日式「出汁」（昆布柴魚高湯）來煮筍；二是筍子不切片而切成筍絲，如此可以縮短烹煮時間。要是懶得自己煮高湯，改用未添加味精的高湯包亦可。真心不建議在筍湯中加味精，冷熱都一樣，因為味精的濃鮮與筍子自帶的清甜旨味，真的合不來，放在一起會打架。

如果想讓湯更甜一點、更香一點，煮筍湯時可在鍋中淋一點點淡色醬油、味醂和清酒（或米酒），待湯一滾便熄火放涼。

江浙風味油燜筍

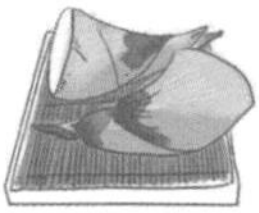

材料

水煮綠竹筍（或熟桂竹筍）1 斤

調味料：食用油（如葡萄籽油、玄米油或葵花油）、無添加醬油 1 大匙半、糖 ½ 大匙、水、紹興酒、香油或白芝麻油

做法

1. 綠竹筍去殼，切滾刀塊；若是桂竹筍則切長條。
2. 鍋中放多一點油燒熱，下筍翻炒，待每一面都沾上油後，加醬油，糖，一點點水，煮滾，轉中小火，加鍋蓋，燜煮至入味，不時翻炒一下，以免焦底。
3. 轉大火，嗆酒，收汁，出鍋前滴一點麻油。

這是素食版，若不忌諱五葷，油熱了以後可加蔥白爆香再炒筍，起鍋前撒一把蔥花增色。
不怕辣的，可加一點紅辣椒，請留心，不是朝天椒，那個會辣得讓人嘗不出筍子的鮮味。

輯二

小食

吃薺迎春
祈平安

農曆年前，蘇珊通知我，有薺菜到貨。蘇珊在青田街上開了一家熟食舖兼食堂，叫「五方食藏」，那裡除了有既可外帶又歡迎內用的餐點外，最特別的是，每逢週末店門口還擺出有機市集，專賣小農農產。

一聽到有薺菜，我可開心了，那是春天才有的滋味，春節期間能吃上幾口，單是想起來就美滋滋，我哪能不連奔帶跑，趕緊去取菜，生怕去晚了，給別人買走。到了市集一瞧，攤上並無薺菜蹤影，原來是貼心的老闆娘早就收好一大袋，沒人可以跟我搶。

一回到家便忙著整理這菜葉，留一小部分用報紙包好，收進冰箱蔬果櫃，留待數日後食用。其他的一株株分好，在水龍頭下沖洗——薺菜貼地而生，葉上和根部難免殘留著土，需仔細沖乾淨。洗好的菜稍晾乾，備用；燒一大鍋開水，加鹽。薺菜分批入鍋，汆燙後過冷水，瀝去多餘水分，揀起幾株成一小把，稍擰乾後繞成一團，如此一燙一擰一繞，大半包起碼一斤半的薺菜僅得三團，這些要收進密封袋中凍起來，兩口之家一次用一團，加上尚未燙煮的，足夠吃上四回，大大解饞了。我要拿來包餃子、炒蛋、炒豆乾肉絲，還有薺菜羹。

如此珍之惜之，實在是因為此菜乃溫帶植物，在亞熱帶的台灣太難得，從前只有野生的，一年中也就只有天氣稍涼的冬末至春季才有。我手中的這幾團則是人工栽培，聽蘇珊說，是她特別拜託農友種的。薺菜並不難種，但是由於懂得烹調的人不多，買的人少，對農民而言，種薺菜划不來。

當前這時分正是野薺菜生長的季節，走在田野、綠地、溪畔乃至溝邊或路旁，眼尖一點的話，都可能找到薺菜的蹤影。其生長形狀和葉片都像縮小版的蒲公英，最明顯的區別在於花：蒲公英花為亮黃色，果實一蓬蓬的，似絨球；薺菜則叢生而出粉白色小花，纖細可愛。只可惜薺菜一開花，葉片就太老了，不好吃。

華人食薺的歷史久矣，《詩經》〈谷風〉中即有「誰謂荼苦，其甘如薺」，說明兩、三千年的古人已知薺菜之甘美。時至今日在中國大陸，最愛吃薺菜的，應該是江南一帶，好比說我那祖籍江蘇的父親，生前便酷嗜薺菜清香的滋味，尤其喜歡薺菜餛飩。

其實，食薺者並不限於江浙人士而已，福建泉州有正月初七食七寶羹的習俗，而薺菜就是那羹中的七寶之一。此一食俗被先民從唐山帶至台灣，如今則已不復存在。倒是日本人保留了從平安時代流傳至今的類似年俗，為祈求身體健康，遠離疾病，在陽曆元月七日這一天喝七草粥，七草當中亦有薺菜。

大年初七這一天，我取出一團薺菜，稍解凍後切碎。在鍋中炒肉末，加雞高湯煮開後，將切小丁的嫩豆腐滑下鍋，再沸騰後即入菜末，待湯滾後加鹽調味，薺菜貴在清香，不宜用蔥薑蒜等辛香料調味，頂多撒一點白胡椒粉，起鍋前若勾芡，則成豆腐羹，我不愛濃稠口感，省略這一步驟，端出一碗薺菜豆腐湯，趁熱喝下這芬芳馥郁的春之味。

和菜祖香祭十夕除

立春了，農曆新年轉眼將至，大年除夕夜，想來有很多家庭要祭祖。父親還在世時，自稱「無神論者」，他常說，「我不信世間有神佛，但是我相信祖先，沒有祖先就沒有我。」因此，我家雖從不「拜拜」，亦無神桌，除夕卻一定祭祖。

還記得每逢年三十的下午近傍晚，父親會揮毫在紙上寫下「韓氏歷代祖先之牌位」，貼在五斗櫃後的牆上，然後在櫃上燃起香爐，櫃前打開一張折疊桌，將一些年菜排在桌上。父親先拜，行三跪九叩禮並上香，接著是出身於基督教家庭的母親。她雖未受洗，但尊重娘家信仰，並不捻香亦不跪拜，都是在祖先牌位前鞠個躬，致意一下就好。再來就是我們四個小孩，按排行順序，輪流在祖先牌位前跪下，叩首三次，大姊先拜，小弟最後。

一直以為傳統習俗就是這樣，成年後方知，我們家的禮儀不但簡化許多，且換做別人家，應該是我弟弟先拜，排行老三的我最後，因為弟弟是男的，「長子」是也。我也到那時方明白，我父親其實既傳統又現代，他要兒女不忘本，卻沒有男尊女卑那一套舊觀念，我真感謝我有開明的父母。

父親走後，我家再也未祭祖，儘管少了儀式，然而我始終把祖宗放在心裡，從未忘記自己是誰、祖先自何處來。他們分別來自蘇北、台南、高雄，以及數百年前的閩南，而我出生在北投，自認是台北人。

這個春節，儘管仍不祭祖，過年必吃的十香菜卻一定要做，這個傳統不能在我這裡斷掉。十香菜，又稱十樣菜或什錦如意菜，聽父親說，是他老家過年必食的素菜，由十樣無葷腥的食材組合而成。十香菜也是我們全家最愛吃的年菜，每年除夕前一天或當天早上必炒上一大缸（真是一缸，不只是一鍋而已），春節期間餐餐取出一大盤的份量，爽口開胃，往往是我家餐桌上第一個盤底朝天的菜。

前兩天，我檢查了家中櫥櫃和冰箱的南北乾貨，還上傳統市場「田野調查」了一下，打算為今年的十香菜準備胡蘿蔔、芹菜、豆乾、香菇、金針、木耳、黃豆芽、冬筍、薑和榨菜。其中形似如意的黃豆芽需掐去鬚根，其他一律切絲，以油和鹽分開炒至斷生後，合在一起拌炒便可。此菜冷熱皆宜，食用前拌一點醋和香麻油，更芳香適口。

春蔬及時嘗

坐在向東的窗邊，喝著晨間的咖啡，才上午九點多，曬進屋裡的陽光竟已有些熾熱，查看手機中的氣象預報，哇，接下來幾天最高溫可能達到二十九、三十度！眼見天氣越來越暖和，春神就要結束在北半球的旅程，再過一個多月，就立夏了。

想到這裡，迅速喝掉半溫的咖啡，拾起皮夾和鑰匙裝進帆布包，再多塞一只折疊環保袋，揹上包包出門去。我要上菜市仔買菜，對我這好吃肯煮的「吃貨」而言，「夏天快來了」這件事，意味著青蔬佳果最鮮嫩可口的季節將暫時告一段落，只因台灣的夏天實在炎熱，連夜裡氣溫也居高不下，許多種不耐熱的冬春蔬菜不是質地變粗且韌、價格還貴，就是索性消失於傳統市場，再見其蹤影，往往已是天氣又涼下來的晚秋了。

經過市場前公園邊上，一眼瞧見有位遠從桃園來的大姊又來擺地攤。她賣的全是自家菜園的農產。上週向她買了兩把蘿蔔葉，一把加薑絲炒，另一把醃成雪菜，都清芬美味，今天再買一把吧。走至她跟前一看，地上的塑膠布擺了牛皮菜、地瓜葉和細長的小韭菜，獨不見還帶著迷你蘿蔔的蘿蔔葉。

「季節過去了，」大姊說，「買韭菜吧，天氣再熱就不好吃了。」

也好，成語有「初韭晚菘」一說，字面上意思雖僅是春天韭菜和秋天的白菜，然而泛指應時的蔬菜，古人很早就發覺，韭菜和白菜分別在春、秋兩季長得特別好，滋味也就格外美。台灣農諺也有云「正月蔥，二月韭」，儘管台灣一年四時皆產韭菜，然而識食之士仍講究在農曆二月食春韭，而今年的農曆二月可要到四月中旬才結束，眼下仍是吃韭菜的大好時光。我付了帳，將翠綠的韭菜收進環保袋中，中午就拌一碗韭菜油蔥麵，晚飯來一盤韭菜炒菇或豆乾吧。

接下來要去瞧瞧公園斜對面一家店面式攤位有什麼好貨色。話說此店生意之好，在市場應是數一數二，我搬來此區不久，頭一回上菜市仔，見那店裡滿滿都是客人，好奇擠進去，發現其菜價雖平，老闆和算帳的兩位越南裔少婦卻不因貨物比人家的便宜而臭著臉，和和氣氣的，難怪生意好。後來多去幾次，觀察到此蔬菜店價格好，是因為賣的全是當令農產，盛產期從批發市場進貨的價格自然較低，加上店主想來服膺薄利多銷的原則，其零售價略低於市場平均價位，品質卻不錯，畢竟是「著時」的農產，差不到哪裡去。

我左看右瞧，結果買了一大把菠菜和六條櫛瓜，加起來才一百出頭。這三個月來，我最常吃的葉菜就是菠菜，瓜類則正是櫛瓜，這兩者在春天皆便宜又好吃。菠菜做法中西皆宜，中式可熱炒、汆燙或煮湯羹；西式可以燙了擠汁，加起司和奶油醬做焗烤菜，或加橄欖油和松子炒，嫩一點的菠菜甚至可以拿來拌沙拉。在我這華洋混合的小家庭，菠菜可謂是左右逢源，人見人愛，可惜此青蔬就是怕熱，到了五月便逐漸下市，就算買到，價昂不說，口感較粗，味道也較澀。

櫛瓜呢，美加和紐澳地區的英文名一如義文，叫做 zucchini，英式英文則以其法文名 courgette 稱之。此瓜實為南瓜屬的植物，故其中文正名應為夏南瓜，還有人叫它西葫蘆，常見於義大利烹飪。櫛瓜曾是仰賴進口的高價蔬菜，近幾年來在台灣傳統市場越來越常見，價格也越來越親民。

櫛瓜長得有點像黃瓜，皮很薄，烹調前用不著削皮，直接切成自己想要的形狀就好。此瓜也是可中可西，舉凡熱炒、燴燉、焗烤，或切成薄片拌進沙拉中，無所不宜。中式做法最簡單的就是清炒，或切片油煎，蒜薑都不必加。也適合仿造日本天婦羅做法，切片薄薄裹上麵糊半煎半炸得外酥裡嫩，不必蘸醬油，撒點鹽就好吃得不得了。倘若切成半月片狀，添上紅、黃椒和青蔥、薑片，炒蝦仁、雞丁或牛肉，品相繽紛，足可拿來宴客。

西式做法更多樣，好比南法名菜「普羅旺斯燉菜」（Ratatouille）就絕對少不了櫛瓜。切了片，用橄欖油兩面煎黃或烤黃，僅需撒鹽和胡椒，就好吃得讓人停不住嘴；我也常將之切片或切丁，用橄欖油和一點蒜末炒香炒軟，加雞肉或燻鮭魚，拌義大利麵，便洋氣十足。

在我看來，櫛瓜只有一個小缺點，就是偶爾會有幾條瓜帶著一絲絲似有若無的苦，但是這問題好解決，只要給切好的瓜撒點鹽，醃個十分鐘再沖洗，便可沖走那隱約的苦味。除此之外，櫛瓜委實是百搭的美蔬，只是此瓜雖有夏南瓜之名，卻受不了高溫，在台灣的產季為晚秋到晚春，到了夏天就退出傳統市場，偶爾見於超市，價格之昂不在話下。春蔬就該及時嘗，此時不把握季節之末大啖櫛瓜，更待何時？

蟲，吃或不吃

應設計師好友林國基和雲林縣青心耕雲協會之邀，前往國基的家鄉拜訪小農，一整天馬不停蹄，和青壯輩農友面對面交流，自覺吸收不少知識，也感受到農友對土地的熱情與執著，然而此行最令我意外的體驗，落在是日晚餐。

當晚，我們到水林鄉一家懷舊餐館用餐，因為無菜單，用餐者無從得知將端上桌的會是什麼。但見菜一道道地上，有白斬雞、各色水煮或生食的蔬果、蒸鱸鰻、鹹粥、鮮魚米粉……各道鄉土美味，大盤大碗，豪氣澎湃。雲林不愧為台灣一大糧倉，農漁牧產真豐富。

就在大夥吃得暢快時，主人端上一盤炸物，我定睛一看，哎呀我的天，那碧綠的炸九層塔上，竟是一隻隻的炸蟋蟀！眾人紛紛下箸，邊吃邊讚美；我呢，盯著那未因下油鍋而失去蟲模蟲樣的蟋蟀，老覺得有好多隻蟲眼在瞪我。再說，炸過的蟋蟀渾身褐黑，我怎麼看怎麼覺得其長相略似「小強」。

這並不是我頭一回看到油炸蟋蟀，多年以前在高雄甲仙，便見過街上好幾個小吃攤除了有尋常的炸溪蝦、溪魚外，也有一串串蟋蟀，當時敬謝不敏。後來至泰國、寮國旅遊，也瞧見路邊小販在賣炸蟋蟀，且不只是蟋蟀而已，什麼竹蟲、蝗蟲、蚱蜢、蜘蛛、蠍子，各色蟲子任君挑選，但我依舊沒有勇氣嘗試。

「這是南部美食，北部沒有，很香很酥，吃吃看吧。」在座鄉親不斷鼓勵我。而我的內心有兩個聲音在交戰，多少受到習慣和文化制約的那個聲音勸阻道：「是蟲咃，好噁心。」另一個比較理性的則使出激將法：「不過就是蛋白質，連這都不敢吃，算什麼飲食作家。」

結果，後面這個聲音勝利了。我心一狠，牙一咬，眼一閉，隨意夾了一隻送進嘴裡。油炸蟋蟀肚子裡塞了地瓜條，外酥脆內鬆甜，吃來有點像炸溪蝦，還帶著些微堅果味，坦白講，並不難吃。

記得看過媒體報導，聯合國曾提出報告說，食用昆蟲是解決世界糧食不足和人類健康問題的有效途徑，因為昆蟲味美、數量繁多且營養豐富，可緩解饑荒、減少污染，還有助於對抗肥胖。那麼，昆蟲，會不會是未來的美食？

話說回來，在未來尚未到來之前，炸蟋蟀，我還是吃一隻就好，其他的且留給識貨者品味吧。至於我，必須承認自己不夠有口福。

家常肉末，
日常頌歌

去朋友家吃飯喝酒，她端出一碗蒜頭蒸肉餅，我舀了一口，這不正是「肉豉仔」（Baa-sinn-ah）嗎？我有多少年沒嘗到了。

曾經熟悉的滋味，喚醒了記憶。童年的暑假蟬鳴不絕，陽光總是那麼明亮乾淨，媽媽每隔一陣子就送我去腳程不到半小時的阿嬤家住兩三天。

阿嬤家的日子以三餐畫分，通常一大早就開飯，因為小阿姨趕著要去農會上班，我們吃清粥配醬菜、鹹鴨蛋、阿嬤自己炒的魚鬆，還有溫熱的豆腐淋醬油；正午時分往往簡單吃，可能是一鍋鹹粥或麵猴（麵疙瘩），有時是炒米粉配竹筍排骨湯。至於晚餐，可就豐富了，祖孫三人連同下班的阿姨，擠坐在窄小的飯廳，阿嬤做了不只四菜一湯，大盤小碟擺滿一桌子，其中常有肉豉仔。

阿嬤的拿手菜不少，肉豉仔算是做法特別簡單的一道：絞肉置碗中，拌進醬油、白胡椒、米酒和蒜末，加一點點鹽和糖，最後打一個蛋，攪拌均勻，放進電鍋中，和白飯分上下兩層一起蒸煮。飯煮好，蒜頭肉餅也蒸熟了，腴潤滑口，拌飯吃特別香，妙的是，雖然油脂不少，味道卻不膩。

對煮菜的人來說，這一道菜還有一個好處，只要塞進電鍋，按下開關，就用不著去管它，下廚者因此不必待在廚房看管爐火，大可去做別的事。酷暑時分，誰樂意在廚房久留？炎炎夏日，電鍋蒸肉餅實在是廚師恩物。

阿嬤偶爾也會換個口味，給絞肉加料，好比說，加上剁碎的花瓜，便成瓜仔肉。捨去蒜末，改摻蔥末和泡軟的香菇丁做香菇肉餅，端上桌前撒青蔥花。還有一種做法給我留下深刻印象，就是打一顆生的鹹鴨蛋，蛋白拌進肉末中，金黃的蛋黃擱在頂端正中央，品相好看又下飯；後來方知，那是一道廣東小菜，阿嬤不知從哪裡學來。不過，阿嬤最常蒸的，還是蒜頭肉豉仔，此做法也是我兒時的最愛，而我是怎麼了，為何會忘記如此單純又可口的古早味？

隔一天便按著記憶，蒸了一碗，結果家中荷蘭夫婿對這台式 Meatloaf（烘肉糕）讚不絕口，建議我以後常做。那有什麼問題？今後不但會做阿嬤的肉豉仔，還會把樹子肉餅、瓜仔肉餅，乃至廣式鹹蛋肉餅、鹹魚肉餅或梅菜肉餅統統蒸起來。既然我家兩口子都不怕辣，下一回試試看做個剝皮辣椒肉餅好了，猜想味道應該不差。

中式菜餚中，不管是哪種蒸肉餅，皆以剁碎或絞碎的豬肉為主角，搭配其他食材和佐料。這種以肉末為主料的菜色，還有客家風味的苦瓜封肉，江浙菜中的紅燒或清燉獅子頭、滷菜系的乾炸小丸子等。不過，大多數時候，不論在哪一菜系，肉末擔任的是陪襯的角色，雖非挑大樑，卻不可或缺。

舉例來講，可以想像台灣風味的麻婆豆腐（道地川味用牛肉末）、不辣的紹子豆腐（紹子又稱臊子，意即肉末調製而成的肉醬）或蒼蠅頭中少了肉末來添味增香嗎？還有肉末茄子、雪菜肉末、肉末酸豇豆等直接把肉末嵌入菜名的菜餚；更別提那隱藏於餃子、餛飩、包子、韭菜盒子、燒賣、胡椒餅、餡餅中的絞肉，以及炸醬麵的肉醬、滷肉飯的肉臊……肉末菜色變化之多，真正是族繁不及備載啊。

綜觀這林林總總的中式肉末菜色，幾乎全是尋常可見的家常小菜，而非喜慶宴會席間的「大菜」——誰教肉末和絞肉價格高不起來，不符合一般對宴席菜的期待。然而，話說回來，我始終覺得飲食有如生活，宜有高低起伏，高潮給人動力，低潮則令人有喘息和反省的機會。錦衣玉食的豪奢生活，升斗小民可望不可即，但也用不著羨慕，真讓人一天三餐，頓頓山珍海味，不出數日也會美感疲憊、食欲欠佳，說白一點，就是吃膩了。這時，如果端上一碗家常瓜仔肉或蒜頭肉豉仔，配上煮得粒粒分明、軟Q香甜的白飯，桌邊的人應該會眼睛一亮，胃口大開。

好吃不過家常菜，且讓我們用各式各樣美味又家常的肉末菜餚，歌頌安適妥貼的日常生活。

深夜食堂餛飩

取來一方薄薄的麵皮，放在手掌心，抹上一點點混合了蝦泥的肉末，順手一捏，餛飩成形了。在這個普通而安靜的下午，我們坐在餐桌邊上，包著雞肉蝦仁餛飩。

坦白講，在這之前，我身為愛吃豬肉的台灣人，從來沒想過餛飩可以包雞肉。看了小堀紀代美的《我家就是深夜食堂》中的乾拌餛飩食譜，這才領悟到自己竟被刻板印象所局限，認定了餛飩就只有鮮肉、蝦仁和菜肉這三種基本口味，而且全以豬肉為主。小堀女士的做法，對我而言很新鮮，擴大了我的想像，且來得正是時候，因為我家前不久有了一位不能也不敢食豚的新成員。

她的名字叫陽緹，這雖然是音譯，但

是這位二十來歲女孩的個性，也正如其名般陽光開朗。她遠從爪哇來到台灣陪伴老人家，近一個月前才轉進我家，幫忙照顧我那童真的二姊。我本來很擔心她倆合不來，結果一老一少一見面即有說有笑，性格投合得很，這可令我大大放了心。

我家的餐桌風景也從而有了不同以往的面貌。陽緹一如大多數印尼人，是穆斯林，不吃豬肉。我家的三人呢，反正什麼都吃，我索性就改而少烹豬肉，多燒魚和雞肉，如此少攝取脂肪，多吃優質蛋白質，也挺好的。

於是，這天下午，就按照日本人小堀的食譜，和陽緹一起動手包雞肉蝦仁餛飩。根據書中的做法，餛飩皮抹了餡，對折即可，非常簡單。我這個台灣人和陽緹可看不慣。餛飩，要麼包成「官帽」形狀，要不也得形肖似「包袱」吧。對折成三角形，那不是印度餃 Samosa 嗎？

兩人邊包餛飩邊聊天，我想起在荷蘭時，街頭偶有餐車賣 Pansit。那是一種油炸點心，形亦如小包袱，金黃酥脆，裡面包著肉末、粉絲、胡蘿蔔碎和蔥，據說是華人引進印尼，再隨著華裔印尼移民飄洋過海到了荷蘭。Pansit 正是「扁食」，也就是餛飩啊。

「有有，印尼也有這個。」陽緹興奮地說，「但是不是煮的，是炸的。」

「好，下一回我們也試試看油炸，不過這一次我教你中式做法，乾拌，沒有湯，加很多的辣油。」

無辣不歡的陽緹聽我這麼說，本就明亮的眼睛，更加閃閃發光了。

南瓜湯飄秋色

到郵局寄完包裹，門外有位阿婆叫住我，指著助行車上的菜籃說，「來買金瓜，剩三粒，算你一百就好。」我往籃中一瞧，是綠皮帶紋的栗子南瓜。

「遮是台灣的，」阿婆繼續推銷，「足好食，會通囥足久。」其實，她用不著多費唇舌。眼看老人家如此辛苦，能花點小錢，讓她早點回家，何樂不為？再說，我一向愛吃南瓜，遂掏出百元鈔票，回家煮一小鍋南瓜濃湯吧。

說起南瓜濃湯，食譜可真不少，我最早學會的，來自一位翠眸金髮的美國女孩。

那時我剛讀高一，大學聯考的壓力還沒來，由於一直對外語有興趣，就跑去成人語言補習班學美語會話，上了一陣子後，和美籍老師變成朋友，並連帶認識那會兒他熱戀中的同鄉女友。老師名叫馬克，剛從威斯康辛的大學畢業，來台灣教美語、學中文。他和女友當時也就二十三、四歲吧，可是相較於我這個青少女，當然是大人，所以他們都喚我「小孩」（Kid）。

有一回到老師家聽他從美國帶來的唱片，喝到金髮美女前一天按家傳食譜煮的南瓜湯，搭配蘇打餅乾，當下午茶點心。雖是剩菜，我卻吃得連連讚美，一臉的陶醉，當時的我顯然已是「吃貨」。過了幾天，老師抄來食譜送給我，我興致勃勃地試做，發覺實在簡單。「原來美國人就是這麼煮湯的啊！」我似乎曾這麼想著。

隔了不到一年，老師和女友相偕回美國。頭幾年我們還會交換耶誕賀卡，後來逐漸斷了聯絡。南瓜湯的食譜我倒是留了好久，直到千禧年從台灣遷居到荷蘭時才不慎遺失，幸好做法早已銘記於心，沒有食譜也做得出來。

首先，取來南瓜，哪種南瓜都行，好比說，就用我向阿婆買的栗子南瓜。不削皮，去籽，切塊；再將半顆洋蔥切成丁。先用油炒香洋蔥丁，加進南瓜和匈牙利甜椒粉（我如今還會加一點肉荳蔻粉），翻炒一會兒便注入雞高湯

（或清水），大火煮滾，轉小火繼續煮二十分鐘。等南瓜軟爛就熄火，待湯稍涼，倒進果汁機中打勻，回爐上加熱，攪進鮮奶油或鮮乳，撒鹽和黑胡椒。請注意，湯無需再滾，溫熱就行。最後盛入湯碗，要不要撒歐芹或麵包丁，隨你，且讓這黃澄澄的南瓜濃湯，給亞熱帶島嶼增添些許金秋的顏色。

筍筍
不是土

在雲林吃了炸蟋蟀後，我自覺「人生成就」又一解鎖，正洋洋得意時，有人潑了我涼水，說蟋蟀跟蝦子一樣都是節肢動物，其分節的肢體主要成分是α-甲殼素的角質層。所以，從這角度來看，吞下一隻炸蟋蟀和吃上兩尾鹽酥蝦，差別並不太大。換句話說，我得意個什麼勁？

我將此事說給好友聽，多少意圖「討拍」，他不但沒有安慰我，反而秉著「友直」精神半開玩笑地說，那涼水潑得可真好，誰讓我少見多怪呢？我不能否認他說的也有道理，做人是該謙虛一點才好，可是所謂輸人不輸陣，在「自尊心」的激發下，我當場想起還吃過另一種蟲。此小眾食品台灣從南到北都沒有，好友一定沒吃過。

我兩年前首度赴廈門，探訪台灣小吃的源流。什麼蚵仔煎、肉粽、扁食、花生湯都不稀奇，據說是旅遊廈門必吃的「土笋凍」，卻是我聞所未聞，從未見過，遑論嘗過。對異鄉食物好奇如我，卻一直拖到回台前夕，才終於吃了這一道源自泉州的特色食物。

土笋寫成繁體字是土筍，但與竹筍完全無關，而是海邊的沙蟲。這是一種方格星蟲，漲潮時會鑽出沙土，退潮時躲進沙中，故而得名。其形體長而軟，如腸子，帶點粉色，是以除土筍外，也有海腸子的別稱。廈門人視之為美食，傳統市場的海鮮攤養在海水中販賣，我趨前一看，怎麼看怎麼覺得那一條條沙蟲長得像蚯蚓。

我聽從民宿建議，找了名店去嘗嘗。沙蟲富有膠質，煮熟後連同湯汁冷卻，會結成果凍狀，即為土筍凍。此涼食端上桌來時，已切成一塊塊，淋了醬油、蒜茸、甜辣醬和芥末，一旁還附了酸甜的醃蘿蔔。那透明的膠凍包覆著好幾條從粉色變灰白的沙蟲，膠凍嘗來ＱＱ的，沙蟲本身咀嚼起來則略似海蜇皮，但較軟。老實說，要不是加了重口味佐料，土筍凍味道清淡，也許廈門人愛的是其質地與口感？我本來還有點怕吃不慣，結果邊吃邊想，這不過就像鹹的菜燕或魚凍，完全沒有在吃蟲的感覺，一盤五六塊，頃刻見底。

好友聽我說出這一段「食蟲體驗」後，又說了：「還好啦，金門人也吃沙蟲，且不會美其名為土筍，大火熱炒，直截了當，這才厲害。」

好吧，這位仁兄不但友直還多聞，說來說去，全是我大驚小怪。

米萊蓬用
飯燉做

說到義大利菜，相信有不少人頭一個想到的是Pasta，也就是義大利麵。這年頭，義大利麵在台灣普及到連在夜市也吃得到，義大利麵似已成為台灣人心中義大利美食的代表。然而，並不是所有義大利人都無麵不歡，北義人就和眾多台灣人一樣，也愛吃米飯。

食物脫離不了風土，這當然跟義大利北部從公元十五、六世紀就開始種植稻米有關，隆巴底、皮耶蒙特和威尼托皆盛產水稻，這三個地區可是歐洲最大的米倉。義大利米有四大品種，分別是Arborio、Carnaroli、Baldo和Vialone Nano，皆為短粳米，澱粉質含量高且易吸收湯汁，北義人就利用這種特性，燴製醬汁濃稠滑順、米粒卻彈牙的燉飯（Risotto）。我寫過一篇文章，叫做〈義大利人不洗米〉，講的就是我在烹調燉飯這件事上犯過的大錯：煮飯前洗了米，因而沖掉米粒外層的粉質，也沖走燉飯獨特的口感。

在形形色色的燉飯中，在義大利以外地區最有名的，或是「米蘭燉飯」（Risotto alla Milanese），我頭一回嘗燉飯，吃到的就是這道加了番紅花調味、色澤金黃的燉飯。米蘭燉飯始終是我的心頭好，但是除了米蘭所在的隆巴底，我到了義大利其他地方卻難得點用。我有一個美食原則，雖不敢說百分百堅持，但平日盡量吃當令的本土食材，如此不但符合尊重環境與在地文化的「慢食」精神，也比較經濟——何必花大錢在深山裡吃海味，到海邊食山珍呢？

煮燉飯，一般最常用Arborio米和Carnaroli米，這兩種短且圓的粳米（Japonica rice），在進口貨較充足的超市買得到。不過，要是想在台灣廚房做燉飯，卻買不到或不想買進口米，不妨改用本土白米，最好也用粳米，也就是蓬萊米，雖然燉出的飯粒偏軟，加上由於澱粉質少於義大利進口米，湯汁不那麼稠，卻說不定更合台灣人的胃口。另外，請盡量用有機米，前面講過，煮燉飯切忌洗米，掌廚的人就算不在意環保或食物里程，為了健康與安全，還是用無農藥殘留的稻米較妥當。

前兩天，我就用了朋友在台東契作的無毒米，加上幾種蕈菇和雞架熬出的高湯，煮了一小鍋燉飯，起鍋前撒一把現磨的義大利乾酪，再偷偷加一小匙松露油，香啊。

味湯 省辣 外酸

替好友慶生，酒喝多了，一晚上沒睡好，快十點才起床，只覺頭重腳輕、口乾舌燥。喝了水，再來杯黑咖啡，還是渴，而且餓了，來煮碗羹湯當早午餐吧。打開冰箱，找到零星的木耳、涼筍、豆腐和一小盒炒肉絲。有了這些，加上冷凍高湯，便可輕鬆煮出酸辣湯，聽說酸辣湯可以解酒。

高湯置鍋中，小火煮之，使其慢慢解凍，跟著轉大火力，將湯汁煮滾。木耳和竹筍切細絲，豆腐切長條，統統倒進鍋裡。湯再沸騰時，下肉絲，加點鹽和醬油，嘗嘗鹹淡。又一滾，攪進太白粉水勾個芡，湯就變成了羹。打一個蛋，高高地繞圈淋下鍋，這樣蛋花才不會結塊。胡椒和米醋需起鍋前才放，煮久了香氣和酸味都會減弱。最後，來兩滴香麻油，撒一小把蔥花，熱呼呼的酸辣湯可以端上桌了。

細心的人說不定會問，鴨血或豬血還有胡蘿蔔絲呢？為什麼不放？

沒放鴨血或豬血，一來是家中沒有，二來是不知市售貨色是否安全可靠，索性不加，反正湯中已有滑嫩的豆腐和黑亮的木耳來補足口感和色彩。胡蘿蔔則是刻意省略，因為我煮的並非台式酸辣湯，而是所謂外省味，或者該說是我兒時的滋味。

十四歲前，家住新北投，巷口有個麵攤，掌杓的老闆是「老芋仔」，個頭魁梧，幾乎終年都穿著白汗衫、及膝卡其褲和大頭靴，寒流來了才換上長褲，加件夾克。這位大叔沉默寡言，講國語帶點鄉音，偶爾擠出兩句閩南語，總是怪腔怪調。他的攤上除了麵和滷菜以外，也有手擀皮水餃與酸辣湯，一律外省口味。

按照街坊鄰居的評語，他的麵「還可以」，水餃則比市場的「山東餃子」差一點，不過他的酸辣湯可真是美味，連我那刁嘴的父親都稱讚。原因無他，用料實在，且以小鍋現點現煮，一碗碗鮮香熱燙，遠勝市場那大鍋煮好、小火保溫的酸辣湯。

記得不論是巷口麵攤還是市場餃子店，加上當時台北較出名的川菜和北方館子，都沒有酸辣湯加胡蘿蔔絲這一回事。酸辣湯講究味須酸、鹹、鮮、香，不宜帶甜，而胡蘿蔔有天然的甜味，加了固然讓湯的賣相好看一點，味道卻不對了；同樣道理，切忌淋台式烏醋，太甜太搶味。

如今，全台各地的大館子也好，小吃店也好，除了「鼎泰豐」和少數老字號外省菜館，酸辣湯少有不加胡蘿蔔的，但不知這和近二十多年來連鎖鍋貼水餃店林立是否有關？酸辣湯是此類店家必備湯品，都是一大鍋開文火熱在那裡，且湯中必有胡蘿蔔絲。眼下，這種多少帶點甜味的台式酸辣湯已是主流，然而或是先入為主，我依然偏愛舊時味。所以，我的那碗酸辣湯，絕不可以有胡蘿蔔絲。

從薄煎餅到家常攤餅

突然想吃荷蘭薄煎餅，翻冰箱，搜食櫃，需要的材料都有，太好了。繫上圍裙，立刻動手做。

薄煎餅的荷文為Pannekoek，是荷蘭再大眾化也不過的家常食物，有甜有鹹，三餐皆宜。荷蘭餐館供應的傳統薄煎餅個頭很大，直徑足足有二十六公分，中午吃上一張飽到晚上，自家煎可以做得小一點，這樣也較易於將餅翻面。

麵粉和鮮奶各來一飯碗，加上一小撮鹽與一顆雞蛋，調成麵糊。取來平底鍋，開中火，丟一塊奶油到鍋中，晃一晃，讓油布滿鍋面。麵糊下鍋，薄薄的就好，等貼著鍋底的那一面烙至金黃，朝上的麵糊大致凝固時，用平鏟翻個面，待兩面皆已焦香即成。煎好的薄餅端上桌，抹上奶油，道地食法需淋焦糖漿，但我家只有蜂蜜，也行。接著，夫婦倆按傳統食法，各自在盤上將餅捲成長條，用刀切成小塊，切一塊吃一塊。

乍看做法，薄煎餅和台灣鄉親較熟悉的可麗餅應該是同一種食品吧？嚴格說來，並非如此。荷式煎餅乃法式可麗餅的變身，極可能是在拿破崙占領荷蘭時期，荷蘭人根據法國做法加以「本土化」後得出的成果。

兩種餅最大的區別在於餡料下鍋的次序：荷式煎餅如果要加餡，不論是鹹的乳酪還是甜的水果，都需在麵糊煎至一半、表面仍濕時便下鍋，使得餅、餡有一面黏合，既講團隊合作又重視個人主義；可麗餅則是餅歸餅，餡歸餡，要等餅煎好才能鋪上餡，換句話說，兄弟先各自登山，等到最後關頭再合作。這又令我聯想到中式家常攤餅，攤餅是在調合麵糊時就將蔥花或韭菜等餡料攪進去，一起下鍋用油煎，餅和餡結合為一體，有群體主義精神。

三種煎餅的做法大同小異，「同」的是原理，「異」的則是烹飪細節，而後者似乎反映了民族性格的差別。無論如何，像這樣以液體調和穀粉成糊而製成的「餅」，東西方都是自古已有，早在雙方文化頻密交流以前，便已各自擁有原始形式的餅食。拿中國來說，兩千多年前的漢代已有「餅」，分成三大種：「湯餅」為水煮麵片，類似麵條；蒸餅是饅頭的前身；還有一種「胡餅」，則是傳自西域，爐烤而成。

那麼，煎餅呢，是東方人還是西方人率先做出世上第一張煎餅？

按照西方學者的考據，早在新石器時代，人類就會將古代麥磨碎了調以禽蛋、山羊奶製成麵糊，淋在烤熱的石頭上烙成餅。另有文獻顯示，古希臘和古羅馬帝國各有一種相似的餅，乃以油煎蛋奶麵糊而成，食時加蜂蜜。這兩種甜餅和今日的做法看來差不多，會不會就是現今各國煎餅的老祖宗？

小小一張餅，容納包裹的，不僅僅是各種食材和佐料，還有歷史、風土和文化，誰能說飲食不過是口腹之欲呢？

豪奢又務實的美味

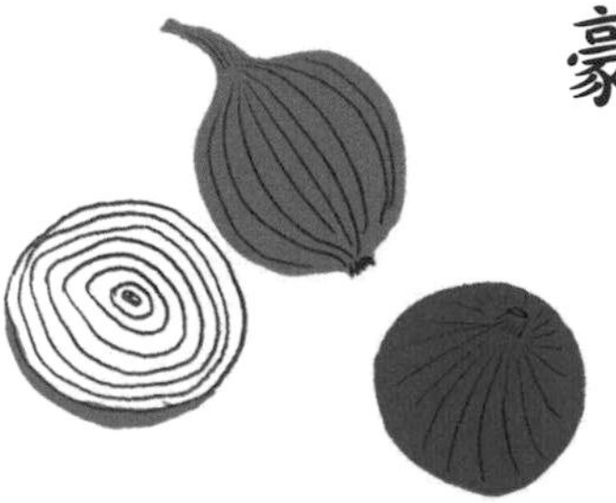

難得在信任的肉鋪看到新鮮豬肝，色澤暗紅均勻，表面光滑無斑，看來就是副好肝，想起家中尚有甜味足的本土洋蔥，決定來仿做令我難忘的「威尼斯炒肝」。這是水都的特色菜，當地人用的是小牛的肝，台灣哪裡張羅得到，能有上乘又衛生的豬肝已是幸事。

去過水都十幾次，每一回造訪，至少會有一餐點這道菜，一來是覺得可口，二來則是在一本研究義大利鄉土菜的英文書中讀到，炒肝實為威尼斯少數自中世紀流傳至今的老菜，美味當中蘊藏著水都的歷史和傳統。我呢，多少有點「好古癖」加「書呆子氣」，看了書後再吃炒肝，益發津津有味。

形容美食，常有「山珍海味」一說，在水都想嘗各色海味一點不難，眼下交通發達，要吃到新鮮小牛肉和肝也算易事。但是兩、三百年前，甚至七、八百年的中世紀，要將義大利本土的小牛運到有「海上女王」之稱的威尼斯諸島，得花不少工夫和銀兩，可以想見小牛在古時的威尼斯會有多麼珍貴。

這道菜也顯現威尼斯這個城市的商人性格。水都在中世紀時乃連接東西方的貿易大城，來自東方的咖啡、香料皆由此輸入歐洲，彼時威尼斯商人真是富甲一方，擁有的財富幾代都花不完，小牛肉再怎麼昂貴，看在這些富豪眼裡不過是小意思，然而威尼斯人在商言商，作風實際，雖不致錙銖必較，卻也不肯浪費，吃完小牛肉，內臟可不能丟棄，尤其是小牛肝，雖「貌不驚人」卻鮮嫩可口，混合以兼具甜味和辛香味的洋蔥，更是連原有的輕微腥臊味也嘗不出來。經由富商的廚師巧手一烹，一道豪奢又務實的美食就上桌了。

此菜的基本做法是用油把洋蔥絲炒軟，調味，再配上煎熟的小牛肝片即可。食譜看來簡單，實際操作起來，卻有訣竅：炒洋蔥得有耐心，需小火慢炒二、三十分鐘，才能把洋蔥炒透，滋味才會又香又甜。也有人炒洋蔥時偏好淋一點白葡萄酒或白酒醋，讓甜味中略帶一絲酸。至於小牛肝，則務必以大火快煎，頂多三、四分鐘便起鍋，再煎下去，質地就太老了，硬邦邦的不好吃。

這道菜的一大重點，說穿了就是時間，或者該說是火候。掌廚者的廚藝高下、為人處事認不認真、對食材是否了解且懷抱著虔敬的心，在火候的一快一慢間，盡顯無遺。

浴火重生的粉紅酒

炎日午後，天色突然陰沉下來，沒多久便下起傾盆大雨。我關掉冷氣，打開窗，大口呼吸久旱的地面被雨打濕後散發的土味，決定給自己倒一杯清涼的粉紅葡萄酒，坐在窗前，看急雨洗滌大地。

十多年前首度造訪普羅旺斯後，我愛上色澤淡雅、果香濃郁的普羅旺斯丘粉紅酒，從此盛夏必以此酒為消暑良伴。然而這一天我手中的酒，產地卻非普羅旺斯，而來自北加州，是朋友餽贈的一款有「故事」的酒。

事情要從二〇一七年說起，那一年秋冬，北加州野火不斷，十二月的那場山火更燒了近一個月。有一天晚上，眼看著大火就快要燒到朋友經營的莊園，有關單位緊急通知園內所有人必須即刻撤離，不得有誤。

朋友那時才剛接手這一大片葡萄莊園，竟遇到這樣的事，真是叫天不應、喚地不靈，除了快快收拾家當逃生外，別無他法。幸好，上天待他們不薄，山火燒到距離莊園三公里左右時，被奮勇救災的警消人員撲滅了。莊園算是逃過一劫，原本要賣給知名酒莊釀製高價紅酒的葡萄卻滿布灰燼，果皮沾染了煙燻味，這下子無法釀成紅酒，肯定賣不出去了，怎麼辦？左思右想，原本只打算種葡萄、賣葡萄的莊園主人，決定自己釀酒，於是找來知名的釀酒師商量：紅酒釀不成，何不轉而釀製葡萄皮和葡萄汁接觸時間不長的粉紅酒？

這聽來是個好主意，咱就利用倖存的卡本內蘇維濃葡萄，來釀單一品種的粉紅酒吧。由於莊園差一點被火舌吞噬，朋友將酒取為 Hi No Tori（火之鳥的日文拼音），亦即從灰燼中重生的火鳳凰；為了對救火的功臣表示謝意，每售出一瓶就會捐二十美元做公益。

這浴火重生的故事充滿善念與能量，誠然動人，想必帶動不少買氣，二○一七年分的七千瓶酒上市後銷售一空，朋友得到鼓勵，二○一八年再接再厲，繼續釀酒。他們雖然懷抱信心，但也明白，市場十分現實，買氣能否持久，終究需仰賴產品本身的品質，二〇一八年分的火鳳凰粉紅酒遂成為他們必須面對的真實考驗。

此刻，我手中的這一杯粉紅酒正是二〇一八年分，其顏色近似普羅旺斯丘酒，是淡淡的鮭紅色，看著討喜。我輕啜一口，太好了，是我喜歡的「乾型」（dry）酒，不像一般的平價加州粉紅酒那麼甜。由於果實成長期間氣候相對溫和，此酒酸度適中，帶有清新鮮明的柑橘香氣，喝來隱然有莓果和桃子味，是那種非常順口、會一口接一口喝個不停的酒。我可得當心，千萬別因為酒太易飲就喝多了。

謝謝朋友賜我美酒，前頭忘了講，他們也是台灣人。

罐頭變美食

忘了確切何時，約莫是歐美數國相繼宣布「封城」那陣子，有天下午我散步至街坊的超市，打算購買晚餐要用的生鮮蔬菜，順便補充特定品牌的鮪魚罐頭，家中存貨不多了。

挑好青菜，拿了番茄，走至陳列罐頭的那條走道一看，別說鮪魚了，凡是菜餚類的罐頭食品，一罐也不剩，貨架上空空如也。排隊結帳時隨口問了熟頭熟面的收銀員，才知道自上午起即出現人潮，除了罐頭外，衛生紙、麵條和多種泡麵也被清空。那一刻，我領會到何謂「人心惶惶」。

記得我小時候，只有碰到氣象預報將有強烈颱風來襲前，才會出現民眾搶購罐頭和泡麵的狀況，只因這些耐儲存的食品，尤其是有效期限可達三年的罐頭，多半被當成「非常時期」才會食用的方便食。在大多數人心目中，罐頭食品和美食八竿子打不著邊。

我本來也這麼以為，直到我去了西班牙。

頭一回造訪巴塞隆納前，有位見識廣博又熱愛美食的友人告訴我，巴城有些小酒館專賣罐頭食品做成的 tapas，生意極好，連「分子廚藝」大師 Ferran Andrea 和如今已過世的美國名廚安東尼．波登都是座上客。我聽了簡直不敢置信，罐頭貨耶，那不是颱風天時才吃的便宜貨嗎？

好奇心一經勾起，不去吃吃看，哪肯罷休。一試之下，怪了，明明就是罐頭，怎麼沒有那股淒涼的「罐頭味」？原來，巴塞隆納優質的罐頭食品小酒館，賣的並非廉價貨，而是經過店家精挑細選的優質產品，其中不乏堪稱老饕等級的精品罐頭，售價可不便宜，一罐五、六歐元乃常事，有的甚至高達十歐元。

我光顧了好幾家賣罐頭 tapas 的小酒館，最喜歡在「乾土區」（Poble Sec）的 Quimet & Quimet。這家小酒館已家傳好幾代，設有酒窖，店裡陳列的每一款酒和罐頭，都以零售價格外賣，內用則有多款單杯酒可點。意外的是，小館的罐頭菜的確精緻可口，水準勝過不少以生鮮食品為食材的等閒餐館。

我一邊吃著各色美味，一邊思考這是什麼緣故，吃著吃著就明白了：除了罐頭食品本身的品質較佳以外，更關鍵的是，食材搭配極具巧思，好比說，你點一份風乾鮪魚，店家可不會光在脆麵包片上加點刨絲的魚乾就算數，還會細心地擱上一撮蛋皮絲、一點油漬番茄乾，外觀層層疊疊，質地有乾有潤，滋味鹹中帶甜酸，飽滿地散布整個口腔，真好吃。

另一款油封鯡魚也給我留下深刻印象，脆麵包片上墊了醃漬烤紅甜椒，疊上魚肉，再擺一根泡青辣椒和一小匙風乾番茄橄欖醬。這麼一來，品相變得繽紛，口感則清脆軟嫩兼之，多層次的味道讓人的味蕾好生滿足，真的是齒頰留香。

這幾年又發現，如此鄭重看待罐頭食品的，不只西班牙，葡萄牙亦然。後者不但有行銷全球的老牌平價沙丁魚罐頭，也有重視商品包裝、甚至像葡萄酒那般強調單一產地的精品罐頭。我一連三年居遊葡萄牙，回台灣的大行李箱起碼有三分之一空間塞了各色罐頭食品。

西葡二國看待與利用罐頭食品的態度與方式，給了我啟發，從此罐頭食品在我家不僅是方便的速食或保存食而已，我發覺只要多用一點心，多加一點創意，罐頭食品便可搖身一變為中看又中吃的家常菜，乃至足可宴客的美食。

我仿傚巴塞隆納小酒館的做法，以各種水產罐頭為主食材，適度添加新鮮的香藥草、生鮮蔬果、蒜末或洋蔥丁、醃漬橄欖或酸豆，末了淋上冷壓特級橄欖油和酒醋，就可以組合成西式的開胃小點或前菜。

主食呢，罐頭鮪魚和舊作《餐桌上的四季》中寫過的油漬小番茄是好搭檔，用好橄欖油、蒜末、酸豆一炒，拌上煮至彈牙的義大利扁舌麵，撒上少許歐芹或芝麻菜，沒有人會嫌棄煮婦或煮夫用了魚罐頭。

便宜的罐頭沙丁魚若空口吃，腥味較重又油膩，可將洋蔥切細絲，小火炒香至幾乎要焦糖化，再拌入魚塊，淋一點白葡萄酒或酒醋燴煮一會兒即成，滋味酸甜甘香，可拿來拌麵，冷食鋪在麵包上亦可。若想讓菜餚更豐盛，可以在裡頭添加乾炒過的松子。

中式罐頭也有改頭換面之法，比方肉醬或肉臊罐頭，別只是拿來拌飯、拌麵，配上嫩豆腐丁，加點豆豉、蒜末燴煮，最後撒蒜苗或蔥花，非常下飯。再不，將花椒、薑末、辣椒和辣豆瓣醬炒成紅油，加進肉醬，煮板豆腐，最後撒上蔥花和花椒粉，神似麻婆豆腐。

疫情未到盡頭，台灣人雖應保持社交距離，但仍可自由上街購物，生鮮食品的供應也充足，倘若前陣子囤了太多罐頭，不妨花點心思，發揮個人創意，烹煮一點也不將就的罐頭美食。

輯三

走晃

我曾經有的「幸福」
——走讀晴光之一

我曾應「台北文學季」策展人封德屏女士之邀，帶團「走讀」晴光市場，有位快人快語的朋友聽說此事，大感詫異，「那裡有什麼好走好讀的？就是委託行、夜市和pub嘛。」

朋友的話雖不假，卻也不完全正確。首先，她的印象還停留在二、三十年前，再者，那一帶商業活動的發展適足顯現台北（甚至台灣）這六、七十年來與外來文化互動的歷史。不信的話，請跟著我，走進中山北路三段掛著「晴光市場」招牌的巷子，我們就從這裡出發，神遊位於雙城街和中山北路之間的這一方街廓，一邊逛，一邊捕捉歷史的光影。

入口的這條巷子很窄，兩旁攤位不同於一般市場，多是進口食品和雜貨。往前再走幾步，會看到右側有幢樓房名為「舶來品中心大樓」，聽來像個大商場，裡頭卻是一間間委託行，亦即主要販售進口貨的小商店。為什麼有這麼多委託行呢？事情得從一九五〇年韓戰爆發說起。

韓戰又稱朝鮮戰爭，是長達半世紀的「冷戰」時期的第一場大規模「熱戰」。這場打了三年的戰事促使美國決定重新資助中華民國政府，華府遂於一九五一年派遣「美國軍事援華顧問團」來台，直到一九七九年台美斷交才裁撤。美軍顧問團在台期間有多處設施坐落於現今的台北花博公園，包括一般簡稱為PX的美軍福利社。當時美軍和眷屬乃至華籍雇員生活所需物品，多半由PX供應，這些外國貨被轉賣流入各家委託行，晴光市場得地利之便，成為當時台北人買舶來品的大本營。

六、七〇年代，我家住北投，記得每隔一陣子，父母便會上晴光市場採買洋貨，多半是日用品和食品，好比旁氏面霜、Coty蜜粉、象牙肥皂、五爪蘋果和一顆顆包著銀紙的Hershey's水滴形巧克力等等，偶爾還會買到美軍口糧。彼時我是個偏食的小孩，卻非常愛吃口糧中的蘇打餅乾和起司抹醬，可以一口氣吃個精光，父親看了笑嘻嘻，索性把每一份口糧中的餅乾和抹醬都留給我。

面霜也好，巧克力也好，這些東西如今看來一點也不稀奇，根本是超市就買得到的平價貨色，然而在台灣經濟剛開始成長但猶未開放觀光的年頭，它們可是象徵「富裕」和「西洋文明」的高檔物品。當時包括我們一家大小在內，不知有多少手頭剛寬裕起來的台北人，在吃著、用著晴光市場舶來品的當下，或曾以為自己距離來自遠方的幸福又近了一些。

要等到許多年以後，我才發覺，那樣的幸福並不在遠方，只存在於想像中。

「晴光」的美食回憶

最近頻頻走訪晴光商圈，那一帶曾是我熟悉的地方，特別是那裡的食物風景。

童年時，每隔一陣子就跟著父母到中山北路上的「福利麵包」，買各種小西點和應景西洋食品，好比說，耶誕節的薑餅屋和拐杖糖。中學時代，我不再當父母的跟屁蟲，身影逐漸遠離，直到進大學後，因為摯友就住在附近，我常隨著她穿梭於市場內外，品嘗她從小吃到大的各種小吃，這才填補起六年的斷層。

在市場外側街道上結市的小吃攤，一般稱之為雙城街夜市，然而這個「夜市」不單只在夜間營業，而分為日場和夜場，有不同的業主和攤位。我較喜歡白天來，通常直奔市場內覓食，這並不是因為夜市小吃美味，只是白天的晴光市場除了小吃攤外，也有雜貨店、菜攤、魚攤等，是真正的小菜市仔，那樣的日常生活氣味對我更有吸引力。

市場的主體為兩條巷子，農安街二巷小吃攤較密集，其中以「晴光意麵」和「晴光油飯」最有名氣；雙城街十二巷的小吃攤相對較少，但「一品香滷味」、「晴光紅豆餅」、「姑嫂麵」和「張媽媽切阿麵」生意都好，而我對張媽媽切阿麵最有感情。原因無他，當年我和好友最常去的就是這家。它那時還是麵攤，坐落在巷子轉角，看來毫不起眼，麵和小菜的滋味卻正宗，有著所謂的古早味。

好友總是點湯米粉，我平日也愛喝湯，來到這攤卻更常點乾拌切阿麵，因為那油麵拌的不是常見的肉臊，而是自調的甜辣醬，這做法和兒時北投市場一家麵攤一模一樣，是我懷念的童年滋味。我們必點的還有紅燒肉，也就是裹粉油炸的紅糟肉。舉箸夾起一片，連同兩根薑絲，蘸著醬一起吃，味道既鹹又甘，微辛不嗆的薑絲則讓炸得外酥裡嫩的五花肉，嘗來不會太油膩。

好友大學畢業後，赴海外留學，從此在異鄉落地生根，我則在六年前從歐洲回到台北故鄉定居。我們每隔兩三年總設法在台灣或歐洲相聚一回，每一次都彷彿重返青春時代，有聊不完的話題。

那一天，我獨自來到如今門面清爽整潔的切阿麵店，又點了乾麵和紅燒肉。食物一入口，啊，還是那個味道，好友若回台，一定要找她一起來重溫舊時味。

不過，我無法大膽聲稱張媽媽切阿麵是晴光美食之最，那不但對不起其他老實做生意的攤商，更會冒犯與我口味不同的吃客，只因「食無定味，適口者珍」，而令我適口的味道往往藏著往日情懷，委實私密又主觀。

週日的小馬尼拉

微風輕拂，恰是微旅行的好時光，目的地就在台北市，大致是農安街、民族東路之間的中山北路。每逢週日，路的東側儼然成為「小馬尼拉」，行走其間，不時傳來菲律賓他加祿語（Tagalog）的談笑聲。

首先來到聖多福天主教堂，這裡原是駐台「美軍顧問團」天主教徒望英語彌撒的所在，美軍離開後，隨著政府開放外籍勞工來台，教堂逐漸成為菲律賓移工聚會場所，如今還多了菲語彌撒。

教堂大門上方有尊木造耶穌像，多數教徒進門前會伸手摸一下耶穌像祈福。教堂內，長長的走道兩旁是一列列長椅，每逢彌撒，座無虛席，連後方也站滿教徒，幾乎都是菲律賓人。他們來到教堂，將心事說給神聽，並得以和同鄉朋友相聚，讓自己不那麼孤單無依。聖多福本是旅人和遊子的守護聖者，美軍也好，菲律賓移工也好，不都是漂泊海外的遊子？

聖多福教堂最大的特色，在靠馬路的小庭園，那裡有座神龕，供奉著菲律賓獨有的黑耶穌像。話說十七世紀初，有艘西班牙船艦前往馬尼拉途中發生火災，船抵港口後，發覺船上有一尊木造耶穌像仍完好無損，只是被煙火燻黑，眾人相信此乃神蹟，此像有神力，黑耶穌逐漸成為菲國宗教信仰的重心。

走出教堂，往南前進。一路上有提供菲人匯兌服務的商家，還有週日才會出現的流動攤販，多半賣著平價服飾或菲律賓點心。半途有兩家東南亞超市，菲貨占了大宗，我們走進其中一家，東看西瞧，最終買了一般超市沒有的油漬沙丁魚。

出了超市向左轉，走到「金萬萬名店城」，直奔二樓。這裡隔成小店鋪，旅行社、髮廊、服裝店、小吃店，擠擠挨挨，好不熱鬧。差不多每面店招都寫著菲律賓文，一時之間，我簡直以為自己來到馬尼拉。

朋友眼巴巴地看著各色食物，我請她別急，且轉去後面的巷子，那裡有家菲律賓餐廳，菜色雖談不上精緻，但樣數多，口味道地，且友善的老闆娘華語和英語流利，樂意為客人介紹。你要是太貪心，一口氣點太多，她還會提醒說：「夠了，下回再點吧。」

週日的小馬尼拉，有得看，有得買，還有得吃，大家何不一起來「假裝在菲律賓」？

天龍國裡的大自然

連日陰霾後，放晴了。上午十一點，我手沖了咖啡，倒入隨行杯中，又切了兩片酸種麵包，薄薄抹了奶油，夾上乳酪和火腿，裝進矽膠袋，隨手拾起小罐的防蚊液。一切就緒，可以出門野餐了。

目的地並不遠，慢慢走不過四分鐘，就來到小溪旁，清澈的流水中，有小魚兒在游。越過短短的木橋，碎石步道蜿蜒，兩側綠意盈眼。低處是綿延的姑婆芋，油亮翠綠，還有霧面葉片的千年芋。拾著石道往前，茂密的矮樹叢中，白中帶黃紅的大輪月桃在葉間挺立，在深淺不同的各種綠中格外顯眼。將視線往上抬，則會瞧見昂然的喬木，可惜我只認得香楠和相思樹。

快到濕地生態觀察區前，左側又是小

橋，過了橋，有石階向上，我從這裡往上爬，沒多久就來到山腰的木棧平台，那裡有長凳數條，一對初老的男女在空地上安靜做著伸展操。太好了，沒有嘈雜的人聲，今天的早午餐就擺在這裡吧。

倘若是更早一點，八點左右，我會繼續往上，因為那會兒是晨間活動的尖峰時刻，平台上常有晨起運動的中老年人，隨著不知哪裡傳來的樂聲和指示動作的人聲，或做體操，或打類似太極導引的緩慢拳法，熱鬧歸熱鬧，卻令為圖清靜而來此的人，好比說我，退避三舍。

沒關係，再多爬不到百米，更高處還有雙層平台，那裡從早上到下午都很清幽，沒有喧鬧的人聲，甚至聽不太見後方快速道路的車聲，滿耳是風聲、蟲鳴和鳥囀，以及嘓嘓的蛙聲，那會是台灣特有種的台北樹蛙在叫嗎？

在我看來，沒有比這裡更理想的休憩地點了，我就算沒帶野餐，也愛提著咖啡來到公園的這一角，傾聽山林。我沒說錯，這個地方的確是公園，名曰富陽自然生態公園，然而這座公園並無兒童遊戲設施，更沒有人工修葺的花圃、草地。這裡很像大自然，不，它就是大自然，此處曾是軍方彈藥庫所在，在脫下儲藏軍火的功能後，因有十多年保持軍事管制，民眾無法進入，滿山遍野的草木得以肆意生長，鳥蟲蛙魚得以棲息，形成低海拔的自然原始生態環境。

而這裡，位於有人戲稱為「天龍國」的大安區，入口距離捷運麟光站才四百公尺。而我，在數月前自郊區搬至市區前，並無法想像自己竟如此幸運，能夠不時走進生機盎然的大自然，汲取那源源不絕的生命力。

金門，再認識

偶然看到一張照片，應該是用空拍機拍攝的，俯瞰一個小村落，蔥蘢的綠意圍繞著村子，村裡一片紅瓦屋頂，或是飛揚的燕尾脊，或是圓融的馬背脊，錯落有致。那風景略似我幼時的台灣鄉間，可是一如我的童年，此等鄉村景色早已隨著經濟的發展，一去不回頭。那麼，究竟是哪裡？點進去一瞧，居然是金門，照片上是金門的傳統閩南式聚落。

恕我孤陋寡聞，竟不知金門有如此古風蕩漾、詩意盎然的聚落。想我上一回造訪金門，已是二十多年前的事，只記得參觀了戰時地下坑道，看了刻著「毋忘在莒」的山岩，其他的多半印象模糊，更未曾留心到那裡原來有傳統村莊和古厝。在我有限的記憶中，金門就是個曾是戰地的島嶼，處處是戰爭的遺跡。

圖片上的小村風光令我神往，即刻上網訂好機票和住處，前往金門。我們下榻的民宿正是一幢建於光緒年間的古厝，位於水頭。那是金門國家公園境內保存較完整的傳統聚落，留存不少清代老屋和民國初年南洋華僑回鄉興建的「洋樓」，其數量之多，在金門數一數二，再加上距縣府所在地金城鎮不遠，離「小三通」的碼頭更不過數公里，因此水頭在傳統聚落中是比較熱鬧的一個，觀光資源也相對豐富，有餐館、賣店，還有設於洋樓中的「僑鄉文化展示館」。

整個聚落最醒目的，應當是「得月樓」。此樓談不上美，坦白講，在一片古厝間，竟有這麼一座好萊塢電影布景般的塔樓拔地而起，乍看之下，委實突兀。我閱讀解說牌方得知，它原是為防範盜匪打劫而建造的銃樓，落成於民國二十年。那是金門治安最敗壞時期，當時的國民政府內憂外患，自顧不暇，哪顧得了金門這「彈丸之地」。樓起，原不為炫富，而是自力救濟、不得不然。

了解這一段歷史，再看得月樓，便不覺其怪。特別是在夜色昏暗時，在靜謐的村子裡散步，舉頭望見塔樓在燈光映照下，影影綽綽，彷彿蒙上神秘色彩，一時之間，竟覺得它風情萬種了起來。

有故事的人與事物，通常較引人入勝，而金門擁有不知多少故事可說。我就這樣，以水頭為基地，重新開始認識金門。

遊樂金門聚落

再訪金門，決心多看看軍區、坑道、碉堡和心戰廣播站以外的這個島嶼，那是屬於平民的金門。眼下，「小三通」已施行逾十八年，金門生活樣式和人文風景，想來不同於冷戰方歇時期，那會是何等面貌呢？

然而，切入金門的角度當然不只一種，這一回且讓我沿著傳統聚落，設法「登堂入室」，走進金門。於是，我以水頭聚落為基地，靠著雙腳，搭配公車和計程車，探訪島上不同的聚落。

原本以為就算不是蜻蜓點水一般、每個聚落看個兩三眼就走，一整天下來，應該也能逛上四、五個聚落不成問題，畢竟每個聚落都不太大，繞個一大圈也不過個把小時，加上村中建築不是閩南古厝就是華僑蓋的洋樓，各個聚落的風光應大同小異吧。

後來發覺自己委實太無知，傳統聚落不單只有紅瓦磚牆之美，每個聚落都有其性格，因為裡頭住的，是不同的人。好比說，水頭是多姓氏的聚落，不同的宗族在村中各自形成小聚落，然而彼此街巷相通，守望相助，形成了對內封閉卻又朝外開放的有機體。這也讓水頭的建築相對多樣，除了閩南古厝、中西合璧的洋樓和有防禦功能的塔樓外，還有建於一九三〇年代、平面格局如「回」字的番仔厝小學，這也讓水頭成為相對熱門的觀光地。

水頭東南方的珠山，則是單姓聚落，村人都姓薛，大夥既是左鄰右舍也是遠親。村子正中央有一潭池水，老屋和洋樓依坡層層疊疊而建，高低有致，所有的屋宇一律面朝著大潭，綠色的水面倒映著赭紅屋瓦，讓珠山景色格外秀麗。此潭據說是風水吉穴，我不懂風水，但我在這一泓盈盈的池水中，看見了薛氏宗親對家鄉的向心力。

離珠山腳程不過二十分鐘的歐厝，也是單一姓氏聚落，鄉親姓歐陽。歐厝規模不大，外觀較珠山樸實，卻有金門現存年代最早的洋樓，一樓一底的樓房目前被改成咖啡館，主人當然也姓歐陽。我們前一天在珠山散步時偶遇某民宿主人，相談甚歡，聽他說，歐厝的開基祖曾是珠山薛氏的長工，後娶薛氏之女為妻，這麼說來，這兩村算是親戚了。

相對於珠山，歐厝整體風格少了幾絲貴氣，卻有其素樸之美，而這一點是否又與開基祖的身分有關呢？我在靜謐的巷弄中，端詳著眼前的老宅，覺得自己碰觸到了藏在歷史中的世故人情。

複雜的金門味

「為什麼走到哪裡，吃的都是蚵仔？金門不是四面環海嗎，為什麼魚類菜餚這麼少？」

說這話的人是我的荷蘭夫婿，那時我們正坐在金城鎮一家小館子，晚餐桌上有蚵仔煎、炒花蛤和佛手貝各一，還有蚵仔海菜湯與炒青菜。我們這一回在金門總共吃了七頓飯，的確一條魚都沒吃到。雖然店家常常也賣黃魚，但是這年頭野生黃魚根本有錢也買不到，能端上尋常餐桌的幾乎都是中國大陸的養殖黃魚，犯不著特地來金門吃。

金門明明是島嶼，在地海鮮種類卻不多，想來和金門自一九四九年後曾有五十多年之久是戰地有關。既是戰地，敵人又近在咫尺，海岸當是禁地，如此時空環境，近海撈捕漁業哪有興盛的條件？

幸而金門人仍有蚵仔、各種螺貝和螃蟹等潮間帶生物可食，尤其是物美但價格合宜的蚵仔，亦即牡蠣。金門人養殖牡蠣已有四百多年歷史，不同於台灣本島西南部，金門的蚵田看不到蚵架，而有一根根鑿成長條的花崗石，這些石條就是供牡蠣附著生長的「家」，金門蚵仔也因此名為「石蚵」。石蚵體型瘦小，口感卻Q彈，滋味比台灣西南部的蚵仔更鮮明，腥味反而稍淡。

金門最常見的石蚵料理無非蚵仔煎、蚵仔麵線和蚵仔湯這三種，乍聽都是台灣本島也有的小吃點心，實地一嘗方知，其名雖同，物卻同中有異——儘管這幾樣食物其實都源自閩南。

金門的蚵仔麵線仍採用白麵線，不像台灣本島，早已改用更耐煮的紅麵線。一碗金門蚵仔麵線端上桌，湯面滿滿是石蚵，點綴著芹菜珠和油蔥，其風味肖似我在廈門吃到的麵線糊。至於蚵仔煎，亦與台灣本島不盡相同，粉漿少而蚵仔遠比台灣多，不加青菜，而是在粉糊中調入蒜苗、芹菜和韭菜，做法和味道同樣更近似泉州和廈門，唯有雞蛋乃採台灣做法，直接打進鍋裡，而非如泉、廈那般，將打好的蛋汁淋在鍋邊，再鏟進煎好的粉糊中。

總之，蚵仔煎也好，麵線也好，金門的在地小吃皆比台灣的同名食物保留更多的閩南原味。說到底，金門離廈門近而距台灣遠，且在二戰結束前，金門並不像台灣那樣，曾是日本的殖民地，甚至直到今日名義上仍是福建省的一縣，始終是閩南地方。

我品嘗著桌上的蚵仔料理，心裡想起金門的歷史以及這小島夾在大陸與台灣之間的難處，突然覺得口中的美味，太複雜。

看見澳門

說是秋天了，澳門的白天還是熱，幸好有和風吹拂，讓拾著階梯一路爬上柿山頂的人，也就是我，微微喘著氣，卻不致滿頭大汗。這山頂原是古老的防禦工事，如今已修整為公園和博物館，人稱「大炮台」，沿著平台邊緣繞一圈，可以三百六十度地俯瞰澳門半島。

我倚在鄰近「大三巴牌坊」這一側的城垛眺望，眼前便是那座著名的地標，周遭有密密麻麻的樓宇，大多為鋼筋水泥建築。如果你仔細打量，會發現有若干較低矮的樓房漆了不同顏色，明黃、鮭紅或淺綠，它們多半是殖民時代的葡萄牙風格建築。將目光拋得更遠一點，則可以瞧見窄窄的一帶河水，對岸高樓聳立，那裡就是珠海了。

眼前的景象屬於澳門，卻絕非澳門的全貌，澳門的面貌何其多樣。我所佇立的這個角落，屬於半島的歷史街區，只是其中的一面。此區共有二十五處古蹟，由廣場與街道相連而成，是中國最古老、規模最大、保存最好亦最集中的華洋文化共融建築群，如今已登錄為「世界文化遺產」。

從歷史街區搭車，經過跨海的大橋，穿過保留部分舊貌的氹仔，來到填海而成的路氹城，車程不過二十分鐘，卻像是另一個國度。一幢又一幢賭場酒店或購物商場拔地而起，壯觀、富麗、奇詭、浮誇，宣示著資本主義的美夢（或空想）。這樣的國度雖說紙醉金迷，有時難免是南柯一夢，仍不免讓一些人嚮往，並且躍躍欲試。

離開浮華的路氹，再往南走數公里，便是路環，這裡又是不同的風景，安靜慵懶，中老年男子坐在不起眼的茶餐廳門口的露天座位上，喝著冰茶或啤酒，一邊聊天，一邊打著橋牌，凡此種種的景象，令我想起葡萄牙海邊的村鎮。

面貌如此多重，教人分不清哪個才是真正的澳門？是櫛比鱗次的住宅區裡、本地居民老實過著日常生活的那個，還是金光閃閃、滿載著各地遊客一朝致富夢想的這個？我想，應該都是吧。

如果我有大把的時間，真想找一間短租公寓，待上一兩週，從半島緩慢移動到離島，自黑白地磚被砌成波浪圖案的殖民時代，來到地貌宛若好萊塢電影布景的新世紀，最終抵達南方的村莊，在鄰座皆為村人的茶餐廳中，喝一杯鴛鴦奶茶，吃一只葡式蛋撻，然後走一段路到海邊，看年輕的父母帶著孩子在海灘挖沙坑，希望到了那時，我就可以較不心虛地說，我好像看見澳門了。

蚵仔與生蠔

好友從雲林台西老家攜回當天現剝的蚵仔，分我一包，沉甸甸的，應有一斤以上。蚵仔沒有泡過水，倒進洗菜盆，一顆顆都浸在自身分泌的濃稠黏液中，聞來隱約有海潮味，但並不腥臭。我先用鹽揉搓，再以清水沖洗，如是好幾回，這才洗淨。灰白的蚵肉不黏手了，可以下鍋了。

家中才兩口人，這一大碗蚵仔煮上三道菜綽綽有餘，決定分成一大一小兩份，可以吃上三頓。較大的那一份，加米酒和兩小匙番薯粉，和勻。燒開一鍋水，蚵仔一口氣下鍋，稍加攪拌，熄火，撈出、瀝乾、晾涼，隔天再用，一半打算拿來炒蛋，另一半加薑絲和九層塔滾湯。

燙煮蚵肉的熱湯捨不得倒掉，今天就

加上季末的綠竹筍、一點點肉絲，還有尚未氽燙的生蚵，來做蚵仔筍絲泡飯。這是我母系的滋味，記得從前阿嬤還在世時，每到酷暑日，大人小孩都沒有什麼食欲，她常煮上一鍋蚵筍湯，澆飯吃，清爽鮮美，人人嘗上一口便胃口大開。旅居荷蘭十三年間，每到夏季最炎熱的那幾天，想到外婆拿手的這一道飯湯就饞得要命，卻只能望空興嘆，徒流口水。

並不是我不會做，而是根本沒有食材。先說筍子吧，唐人街的超市每逢冬春，偶爾買得到中國大陸進口的生鮮冬筍，台灣的綠竹筍則是一年四季見也沒見過。再來是新鮮的蚵仔，更是想都別想——荷蘭市面上僅見連殼賣的碩大生蠔，並無已剝好的小顆蚵仔。

然而且慢，蚵仔也好，生蠔也好，不都是牡蠣的俗名？話是不錯，只是牡蠣不只一個品種。歐洲目前養殖的牡蠣以從日本引進的太平洋牡蠣（Crassostrea gigas）為主，而西歐海水溫度不高，牡蠣成長期因此較長，且個頭生得大；台灣本島養殖的牡蠣多半是同屬的葡萄牙牡蠣（Crassostrea angulata），加上亞熱帶海域氣候溫暖，牡蠣長得快，養一年即可採收，這時的蠣肉顆粒並不太大，正適合做各種台式菜餚。

順帶一提，葡萄牙牡蠣其實並非原生於歐洲，而起源於東亞。近幾年，根據 DNA 序列研究，葡萄牙牡蠣的原鄉極可能是台灣，推測是在十六、七世紀大航海時代，因為人為攜帶或隨著船隻壓艙水進入葡萄牙沿岸。

我在荷蘭想念台灣常見的蚵仔麵線和蚵仔煎時，曾試著用生蠔來複製這兩樣家鄉小吃。可是溫帶養殖的太平洋牡蠣委實太大，一整顆地煮，蠔肉內裡夠熟時，外層已太老，有點韌；將生鮮蠔肉分切成一口大小的塊狀再煮，卻是一塊塊灰不溜秋、潰不成形又汁液橫流，太不清爽，坦白講，看著有點噁心，從此斷了拿生蠔做台菜的念頭，還是生食吧。

我喜歡看賣蠔人熟練地用小刀撬開碩大的太平洋牡蠣，只見他將刀尖往殼間一戳，刀尖再一轉，蠔殼就開了，看來好輕鬆，等自己買了連殼的生蠔回家一試，才明白那樣的「不費力」其實是經驗的累積，箇中有生手不懂的訣竅。

我吃生蠔，什麼特製佐料都不愛加，總學法國人那般，在蠔肉上擠一點檸檬汁，便提起殼送到唇邊，將肉連同清澈的汁液倒進口中，咀嚼個兩下就讓軟嫩中帶點爽脆的蠔肉滑下喉嚨，在唇齒間和舌上留下淡淡的海水味。

眼下時序已入秋，在歐洲正是大啖生蠔的好時節。按照歐美說法，每年五月到八月的「無 r 之月」不宜食蠔（在英文和法文中，這幾月分的詞彙都沒有 r 這個字母），一來是因為北半球春夏之交為牡蠣產卵季，二來則是由於夏季海水溫度高，牡蠣易受海水中腸炎弧菌感染，吃了輕則上吐下瀉，重則要人命，故而自晚春至夏末皆不宜採收或食用生蠔。

不過如今養殖技術發達，夏日食蠔其實已無風險，好比說，利用紫外線消毒海水，再將牡蠣置於乾淨的海水中淨化數日，就可避免蠔肉遭到弧菌污染。儘管如此，秋天來了再痛快吞蠔，是歐美行之多年的習俗，或是忍了一個夏天方開戒的心理因素使然，秋天的生蠔嘗來就是格外可口。

因疫情之故，未來兩三年恐怕都無法親赴產地享秋蠔之美了。然而話說回來，我可別忘了從前在荷蘭，卻是思念台灣的蚵仔而不可得啊。這個台北秋天的傍晚，我站在灶前，煮著筍絲蚵仔湯，一邊提醒自己，人生沒有十全十美，做人切莫太貪心。我該珍惜眼前，把握現在，而好好煮菜，好好吃飯，正是「活在當下」的起點。

筍絲蚵仔泡飯

材料

蚵仔　200-250 克	高湯（或燙蚵仔的水）
肉絲　100 克	熱白飯
綠竹筍（中等大小）　2 支	太白粉水　2 小匙

調味料：薑汁、米酒、鹽、白胡椒
佐料：芹菜珠或蔥花

做法

1. 蚵仔用鹽搓揉，用自來水沖洗以去黏液，加少許米酒和薑汁，拌勻；肉絲用太白粉水和鹽醃十分鐘；綠竹筍剝皮切絲。
2. 高湯或燙蚵仔水煮滾，下筍絲，待再滾以後煮 2-3 分鐘，加進肉絲。一等肉絲變白，淋一瓶蓋米酒滾一下，加蚵仔，攪拌，熄火，加鹽和白胡椒調味。
3. 看飯量大小，取適量白飯置麵碗中，把煮好的湯淋在飯上，撒芹菜珠或蔥花，上桌。

到荷蘭吃生魚

每一回當有人問我，荷蘭有什麼特色食物最讓我念念不忘時，我的答案始終如一，就是「鯡魚」（Haring）。如果你跟我一樣，既好吃又好奇，倘若千里迢迢到荷蘭一遊，卻不去嘗嘗鹽水泡漬過的生鯡魚，相信我，那會是個遺憾。

鯡魚堪稱荷蘭的「國餚」，從海濱到內陸，大城小鎮的傳統市集都不難找到鯡魚攤的蹤跡；自貴族富冑至市井小民，幾乎人人都是從小吃到大，誰也吃得起。在荷蘭，除了乳酪，大概沒有什麼食物能如生鯡魚這般「接地氣」又「納海味」。

荷蘭雖不以美食文化聞名，但不管翻開哪一本旅遊書，都可能看到一張大同小異的照片，影中人不論男女老幼皆做著同樣的動作：頭向後仰，嘴張大，手捏著魚尾，正準備將生鯡魚送進口中。我二十多歲時首訪低地國，便被這樣的畫面勾起興趣，嘗了生平第一條生鯡魚，當時還戲稱那是「荷蘭沙西米」。那會兒，我當然無從得知自己日後將旅居此國十餘載，吃下數不清多少條的荷蘭沙西米，只是，那是另一個故事了。

總之，我是在定居鹿特丹後才發現，這樣的畫面可不是唬唬觀光客的噱頭而已，此情此景在荷蘭司空見慣。肥美的鯡魚可煎、可烤，也可拿來醋醃或煙燻，在我吃來，最美味的還是生食。

吃生鯡魚的方式有兩種，一種是整條魚去皮剔骨、切頭去尾成魚柳，夾進橢圓型軟麵包，模樣有點像熱狗麵包。第二種吃法就是按照旅遊書上的樣子，仿照只有在荷蘭才風行的傳統食法。這需要一點技巧和訣竅：首先，頭往後仰的角度需夠低；其次，嘴巴務必張得夠大，才能將去頭剝皮但留尾的鯡魚安穩地送進嘴裡，輕鬆地咬上一口。第一種食法較能充飢，不過我覺得第二種較有意思，帶有儀式性的趣味。

只用鹽水泡漬剛捕撈自大海的鯡魚，是一種極簡的處理法，既能夠保鮮，適當的鹹味更可帶動味蕾，讓人更能嘗出美味。然而這種「原始」的味道，並不是人人皆能欣賞，我曾建議台灣訪客務必嘗試，他聞言照辦，結果卻埋怨其味腥臭難耐。飲食口味實無絕對客觀標準，由此又得一證。

至於我呢，每一回重返荷蘭，下飛機以後的第一頓午飯，往往就是傳統市集上的生鯡魚，不見得要夾麵包，但必須有洋蔥。

飄洋過海的台灣包

那一天中午過後，回到曾客居十三年的鹿特丹，選了市區一家餐館吃遲來的午餐。這家的餐點味道不錯，飲料品項也多，算是我在此城的「愛店」。晴天時，尤其喜歡坐在露天咖啡座，一邊吃吃喝喝，一邊將城市風景收進眼底。

話說彼日，我打開菜單，發覺內容跟以前不一樣了。在輕食選項中，多了一道新菜色叫 Gua Bao，按荷語發音，音似「華飽」，餡料有豬腹肉、手撕豬肉、豆芽和黃瓜等等。就我所知，這並非荷式食物，究竟是什麼玩意？我改用英語發音來唸，當場恍然大悟，這不就是咱台灣的刈包嗎？

刈包其實是俗寫，其正名應為割包，因為「刈」的閩南語音並非 gua，「割」的發音才像。它又稱「虎咬豬」，據民俗學家說，源自一種餡料相同的福州小吃，因形如「虎口咬住豬肉」而得名。

刈包可能是僅次於珍珠奶茶、最為世人所知的台灣飲食。它最早風行於紐約，父母來自台灣的年輕律師兼主廚黃頤銘，十餘年前在時尚的下東城開了一家賣台式刈包的餐館，取名為「Baohaus」。這店名說來也有意思，結合音譯自「包」的 bao 和德語的 haus（房屋），非常「跨文化」，而其發音又一如 Bauhaus，亦即影響二十世紀藝術、設計乃至戲劇風格頗深的德國「包浩斯」建築學派。我猜想，除了刈包合紐約人的胃口外，帶著「潮」味的店名或也是促成餐館崛起的原因。

我原就知道刈包已從美國傳至英國，但是直到上一回造訪波爾圖，才發覺連在歐陸最西邊的葡萄牙也有刈包了。那一天，參觀主教宅第博物館時，我和擔任導覽的年輕博士生聊了起來，她發現我來自台灣，主動提及當地有家台灣餐館有種名叫 bao 的食物很美味。我一聽就問道那 bao 是不是有點像漢堡，但夾的是豬肉，且麵包是蒸的而非烤的？

「沒錯，餐館說 bao 就是台灣漢堡，好好吃。」女孩陶醉地說。咦，我是不是看到她偷偷地嚥了一下口水？

女孩陶醉的表情猶在眼前，而手中菜單告訴我，刈包風似乎也吹至荷蘭。然而，在那個晴朗的下午，我終究沒點來嘗嘗。主因無他，一份價格要十歐元，合新台幣三百多快四百元，看在我這「煮婦」眼中，荷蘭的刈包未免太「貴參參」了。

性格中勤儉的因子，戰勝了好奇的細胞，當場決定，過幾天回台北再吃也不遲。再說，我的刈包裡頭得有肥瘦各半的滷肉、酸菜和花生粉，才不要夾什麼豆芽菜。還有，請注意，一定要加香菜！

居遊，穿街走巷

不論走到哪裡，都喜歡一頭鑽進巷弄中，窺看市井生活樣貌。

總覺得一座城市的美好，不僅存在於堂皇的大道、宏偉的建築或博物館典藏的藝術品中，也體現於乍看平凡的後街小巷裡。敏感而好奇的旅人，面對著承載著歲月與文明軌跡的名勝古蹟，多少能感受到歷史與文化的分量；置身於普通的街坊，則可以捕捉異地百姓生活的吉光片羽。對我而言，這些都是旅行的樂趣；奇妙的是，在事隔多年後，卻往往是那些當時不經意、貌似尋常的片刻，更能夠刻在心版上。

那一年，頭一回至烏特勒支居遊。有一天上午，我們刻意離開觀光客最愛的老運河沿岸，緩步朝景觀相對無甚可奇、也說不上有什麼「名堂」的住宅區行去，一路專走偏街巷弄，只要有哪一條小巷子看不見遊客，我們就走那一條。

在接近大學區的石板路上，我瞧見一條特別狹小的巷子，窄到僅容一人行走，想來是中世紀留存至今。烏特勒支在古羅馬時代曾是要塞，中世紀時則是尼德蘭北部最重要的城市。

我對丈夫使個眼神，兩人踅入巷內，走到一半，左側陰影處又是條小徑，更狹窄，逼仄似隧道，盡頭有光。我走在前面，丈夫跟在後頭，兩人來到弄底，眼前一亮。是個小園子，被瓦頂磚砌的樓房圍著，長方形的空地鋪著白色細石，被近午的陽光曬得耀眼。園子一角有棵巨大的櫟樹，華蓋如蔭，樹蔭下有人在讀著一本書，身旁還擱著一杯咖啡，用馬克杯裝著，我猜他八成是園側某幢公寓的住戶，隨手帶上咖啡，來樹下坐著看一會兒書。這位仁兄，知道他自己有多麼幸運嗎？

我們悄聲經過他身旁，順著與來時路恰成對角的另一條小徑走出去，在路旁稍停片刻，讓左右兩側的鐵馬騎士先行，才穿越馬路，走進對面的石板路。

此巷雖較寬，但因為遠離觀光區，少有遊客晃悠至此，那當兒更是一個人影也沒有。真是安靜，再仔細一聽，卻發覺巷子裡可熱鬧著呢；二樓有兩扇窗戶大大敞開著，一樓的木門半開半闔，傳來講話和走動的聲響，不知是有人在看電視，還是在忙著什麼。丈夫舉起相機，拍攝人家門口盛開的玫瑰；我靠在牆角，正揣想著門內的人不知過著什麼樣的生活時，門忽然開了。

屋裡走出一位深金髮的少婦，邊走還邊朝著身後咕噥了什麼。她手上捧著一大盤糕點，身旁跟著看似三、四歲的小娃兒。金髮的小不點看到我們這兩個路人，趕緊扯住少婦的衣角，應該是一對母子吧。年輕的媽媽騰出一手牽住孩子，笑嘻嘻地向我們點頭，說了聲「日安」，走向數步之遙的另一戶人家，敲開人家的大門。母子倆敢情是帶著自家烘焙點心到鄰居家串門子去？

此情此景，如此家常，卻又如此動人，只因它來自於真實的人生，是大多數人皆可以或應當擁有的日常生活。那扎扎實實的生活氣味，彷彿觸手可得，雖說是人家的日常，卻也浸潤了我這個異鄉人。

我可能就是從那一刻起，喜歡上這個城市。從此以後，每來荷蘭探親兼旅遊，必以烏特勒支為居遊的基地，穿街過巷，只為體驗老城的生活韻味。

南法鄉間的良憶義大利麵

清冰箱，蔬果櫃中翻出一顆燈泡茄，冷藏架上有半小罐黑橄欖，冷凍庫裡搜到自製的新鮮番茄醬，心中有了主意，來做「良憶義大利麵」吧。用橄欖油炒好醬，開一罐鮪魚倒入鍋中，將一把義大利麵煮至彈牙，統統拌在一起，便是簡便卻不隨便的洋風晚餐，還顧及了營養價值。瞧，維生素、蛋白質、澱粉質、單元不飽合脂肪酸，一樣都不缺！

坦白講，這道麵點並非道地義大利做法，而是我偶然間創製所得。我每做此菜，就會想起南法一幢被命名為「拉芭堤」的小屋，以及屋主汀妮克和傑哈。沒有那幢小屋，沒有那一對善良可敬的夫婦，世上或不會有良憶義大利麵，也就是雙茄橄欖麵。

事情得從十一年前說起。那一年初秋，我和丈夫從巴黎出發，翻越法國和西班牙邊界的庇里牛斯山，途經加泰隆尼亞，前往巴塞隆納。那一趟旅程，直線距離八百三十公里，倘若駕車走高速公路，偶爾停下休息一會兒再上路，一日之內到得了，我們卻花了二十幾天才抵達終點站，因為那當中足足有十天，我們居遊在南法境內一個名不見經傳的小村，過著白雲悠悠、星空熠熠的鄉間生活。

小村名叫「聖蘇珊妮」，村民多半務農，在連綿的丘陵地上開闢一座又一座農場。拉芭堤小屋坐落於坡頂，緊鄰著大片農場，農場主人正是我們的房東。房東太太汀妮克和我家那口子一樣，也是荷蘭人，來自菲仕蘭；傑哈的老家則在法國中部。

他倆二十來歲時，相識相戀於荷蘭，傑哈彼時在烏特勒支工作。這一對異國伴侶結婚後搬來南法鄉間，拿出為數不多的存款，買下兩公頃的坡地開墾，轉眼兩人已是坐五望六之齡，卻仍活力充沛，絲毫不見老態。

這兩位談起農作頭頭是道，卻都不是農家子弟，兩人皆受過高等教育，喜好藝文。汀妮克自己是業餘畫家，平日除忙於農活外，尚在慈善機構教導智能障礙人士繪畫，拉芭堤小屋牆上掛的，就是她的畫作。更難得的是，他倆雖出身於小鎮中產階級，但因服膺自然主義，喜愛在土地上勞動，才能夠放下布爾喬亞身段，欣然投入田園，在鄉間打造自己的桃花源。

小屋有一樓一底，是傑哈自己設計，由夫婦倆合力建造而成，每一吋都是他們的心血。拉芭堤並不豪華，然而自乳黃色的外牆至室內沉穩樸實的裝潢，都給人溫馨的感覺，尤其是屋裡各種大小設備的配置，好比插座該設於何處，電燈開關該如何安裝，乃至於廚房的動線、衛浴設備的高度等等，都恰到好處，顯然是經過思考才決定，很人性化也很周到，讓房客使用起來非常便利，在在顯示他們的體貼和用心。

汀妮克帶著我們，一邊裡裡外外介紹周遭環境和屋內設施，一邊簡單說明小屋的來由。我從而得知他們之所以單憑己力蓋屋，除了為享受勞動帶來的充實感，亦是由於如此可節省雇工經費。由於務農收入多少看天吃飯，並不穩定，而南法鄉間風光的確吸引能好清靜、愛自然的旅人，他們數年前決定在農莊院落外加蓋小屋，出租給居遊者，好以租金貼補家用。換句話說，他們從頭到尾都沒打算住進這小屋。

這讓我有一點驚訝，以我不算少的居遊經驗而言，能夠讓旅人住得這麼舒服的房子，通常是屋主的舊居。至於那種房東打從一開頭便懷抱著投資心態，用以出租牟利的，多半中看不中用，看來美則美矣，卻總是有些小地方不大實用，讓人住著不免感到這裡那裡疙疙瘩瘩，不時磕磕絆絆。房東夫婦在設計建造這一幢自己不住的小屋時，設想仍如此周全，如此將心比心，想來是正直厚道之人。

汀妮克介紹完環境，指了指餐桌上一盆番茄、葡萄和無花果等蔬果，說：「這些都是自家菜田和果園裡的產品，沒灑農藥，有機的，吃完了請跟我講，我再拿來，現在盛產，我們有很多，自己吃不完，你們別客氣。」

隔了兩天，桌上那一盆未盡，汀妮克又送來她自種的農產，這一回不是一盆，而是一箱，有一大顆橢圓形紫茄、李子，以及更多的番茄。記得當時我心想，我們每天開車出門，在鄉間四處遛達，中午多半就近找個小館子嘗嘗鄉土菜，一天最多只做早餐與晚餐兩頓，這些蔬果怎麼吃得完啊。

沒想到，就在第二天，丈夫身體小恙，咱倆哪兒也去不了。丈夫只能待在臥房休息，我獨自在客餐廳看書，偶爾上樓瞧瞧他需不需要我替他倒杯水、拉拉被子什麼的。如此上樓下樓、喝茶讀書，轉眼已近晚餐時分。金陽斜斜曬在木頭餐桌上，照得木箱裡的番茄益發紅豔誘人，我心思一動，決定來做番茄醬汁。

首先燒一鍋熱水，取一把利刀在番茄蒂部劃十字紋，讓番茄慢慢滑入沸騰的鍋裡，汆燙三十秒，跟著撈出，迅速沖冷水，這樣一來，煮不爛的皮膜便能不費力地剝除。接著，我將光溜溜的番茄一切為二，割去蒂，擠去籽，切成塊，一古腦扔進鍋裡，加蒜瓣和月桂葉，淋一點橄欖油，就讓這一鍋在爐上煮化成醬。

基本的醬汁有了，拿來拌麵，添幾片種在門外花盆裡的羅勒，其實已夠美味，只是多少有一點單調。這時，我瞧見了箱中的紫茄，想起有一道西西里麵食，叫做「諾瑪義大利麵」（Pasta alla Norma），主材料正是番茄、茄子，加上瑞可塔乳酪。我手邊雖無這種義大利乳酪得以添「旨味」，但有佐酒吃剩的黑橄欖可彌補鮮味之不足。於是，這世上從此多了良憶風雙茄橄欖義大利麵；我當然知道諾瑪義大利麵是經典，而良憶義大利麵遠遠不是，儘管有敝帚自珍之嫌，但「適口者珍」，起碼我自己和家人就吃得很香。

還有三人也說美味，那就是汀妮克、傑哈還有他倆在城裡中學住讀的女兒桑瑟拉。做好雙茄橄欖醬的次日，正值週末，也是桑瑟拉返家的日子，我盛了一碗送去農莊給他們一家三口嘗嘗，一來算投桃報李，二來則是，沒有汀妮克辛勤種植的佳果美蔬，哪裡會有這一道麵食？此菜原是兩家人通力合作的成果。

當天下午，汀妮克帶著女兒來到小屋，歸還洗淨的空碗（然而嚴格說來那根本就是他們的），母女倆一臉笑盈盈，連連稱讚醬料美味。她們可不是假客氣，因為桑瑟拉已備妥紙筆，請我口述食譜，她要學起來。

直到那時，我方察覺桑瑟拉實為房東的養女。她皮膚黑得發亮，一望而知是非洲裔，然而看見她愛嬌地倚在母親懷中，沒有人會懷疑這一對母女感情真摯深厚。我後來得知，桑瑟拉來自中非共和國，因父母貧窮，襁褓時期就被汀妮克和傑哈收養。為了不讓女兒有失根的遺憾，他們胼手胝足，辛苦積攢旅費，輪流帶著女兒返回故土幾趟，讓她多少得以親近其原生國度的文化。這益發令我敬佩房東夫婦，他們真是深具人道和人文精神的好人。

也許是因為我和丈夫也是異國聯姻，加上四人的價值觀差異不大，我們迅速熟稔起來，兩番三次把桌椅搬到小屋院裡的櫟樹下，喝著酒，吃著小菜，天南地北地聊著天。

我們向他們請教本土旅遊資訊、鄉土民情，談我們的旅途見聞與他們的農場生活。最常交換的，還是對於如何化解「文化衝突」的心得。傑哈對我和丈夫如何相處尤其好奇，因為他和汀妮克兩人都是歐洲人，文化的差異想來不致如歐亞之間的差距那麼大。不過，即使是他倆也歷經了好一段時期的磨合，才學習到和諧相處之道。我們四人後來簡單下了結論：伴侶之間最好別去區分彼此文化的優劣高下，也不要爭辯誰對誰錯，個人在堅守自己文化的價值和習俗的同時，亦應尊重對方的文化。

我必須承認，在多次的居遊經驗中，難得能跟房東交談如此深入，因而特別珍惜這一段緣分。世界何其遼闊，人生又何其短暫，我們有幸在生命的某一刻相遇，產生美好的交集，就算從此人各天涯，相聚時的點點滴滴應也已儲存於腦海中，化為可供他日回味的往事吧。起碼就我而言，不但留下了良憶義大利麵，也從此將那三副和善的面孔，刻入我的心田中。

雙茄橄欖麵醬基本做法

（六人份前菜、四人份主食）

材料

義大利麵　350-400 公克　　　橄欖油　2 大匙
不太大的洋蔥　1 顆　　　　　蒜頭　2 瓣
茄丁　約 400 公克　　　　　　黑橄欖　適量
自製番茄醬汁 1 杯半或 1 罐去皮番茄（需切碎）

佐料：橄欖油、鹽和黑胡椒、羅勒或歐芹、現磨義大利乾酪（隨你喜歡）

做法

1. 橄欖油約一大匙半倒入鍋中，下切碎的洋蔥和蒜末，小火炒至洋蔥透明。
2. 轉中火，加茄丁炒幾分鐘，倒入番茄醬汁或切碎的罐頭番茄與黑橄欖，煮開，轉小火，煮至茄丁變軟。
3. 撒鹽和黑胡椒調味，起鍋前加羅勒絲或歐芹末，拌上煮至彈牙的義大利麵。要不要撒現磨義大利乾酪，隨你喜歡。

變化做法：
以此醬為底，可視個人口味，加進罐頭鮪魚、沙丁魚、煎香的培根、熟的肉丁或碎肉塊（如雞胸肉、燒鴨肉、鹽水鵝肉、滷牛肉或牛肚等等）。不食肉的，此醬和櫛瓜、彩椒也很搭。

連一分熟也不行的韃靼牛排

趕赴午餐約會的路上，忽然想起韃靼牛排，此菜在歐陸並不稀奇，在台灣卻不易吃到，真有點想念。進了「賦樂旅居」餐廳，拿起菜單一看，赫然有「生牛肉韃靼」，可真巧，這不就是韃靼牛排（Steak Tartare）嗎？

菜名中加「生」字是個好主意，可提醒客人點菜宜慎重，因為端上來將是全生的牛肉，連一分熟也沒有。記得英國《豆豆先生》影集中有一集演到 Mr. Bean 上法國餐廳吃飯，不明就裡地點了這道相對便宜的「牛排」。菜上桌，竟是一團碎牛肉，還是生的，他吃也不是，不吃也不是，硬著頭皮嘗了一口，整張臉皺成一團。豆豆先生到底是胃口保守的英國人，生食牛肉委實是太大的挑戰。

一如劇中對餐廳背景的設定，一般都認為韃靼牛排是法國菜，真要追究起源，它卻可能與古代中亞與蒙古草原上的韃靼人有若干關聯。韃靼人有將老且韌的駱駝肉或馬肉剁碎以便食用的傳統做法，此一手法後來傳至莫斯科，十七世紀時跟著俄國水手抵達港都漢堡，十九世紀中葉以後，又以「漢堡牛排」之名隨著歐洲移民前往美國，初時亦為生食或僅稍微加熱，至於將之煎熟做成漢堡包，則是二十世紀初的事，而那已是完全不同的食物了。

話說回法國餐館的韃靼牛排，興起於一九二〇年代的巴黎，當時亦稱為美式牛排，這難免會令人揣想，此菜之靈感或許得自大西洋彼岸。果真如此，韃靼牛排豈不是浪跡天涯，從亞洲經中歐至美洲，最終又飄洋過海回到歐陸，來到以美食自豪的法國，從此一音定槌。

正統的法式做法需以手工切碎牛肉，佐料有洋蔥、酸豆、歐芹、酸黃瓜、芥末、辣汁、辣香醋、橄欖油和生蛋黃，高級餐廳更講究「桌邊烹調」，由侍者將材料以推車送至餐桌旁，根據客人口味當場調製。

不過，這種老派作風如今已少見，就連菜餚本身的風味也出現各種變化。

最普遍的改變是，添加番茄醬或鹹鯷魚以增進「鮮味」，我還吃過以魚露代替鯷魚的做法，魚露也很「鮮」。而這一天中午我吃到的這一盤，則大膽地用榨菜、黑蒜泥和米香來襯托生肉，讓原本洋氣的菜色多了幾分讓人熟悉而親切的台灣味。

正統也好，台味也好，容我重申，我要吃的韃靼牛排，必須全生，就算是一分熟也不行哦。

路上的咖啡館

有人旅行，是為了遊山玩水，走訪名勝；有人獨鍾血拚，一進名品店便兩眼發光；還有人愛逛博物館，外加看戲、聽歌劇。我呢，偏愛用味覺品賞世界，異國美食總讓我好奇，陌生城鎮的咖啡館對我亦有無法抵擋的吸引力，只因沒有一個地方能像咖啡館那樣，既能滿足我的味覺，又能給行旅中的我暫時安頓的感覺。

隻身旅行時，我尤其喜歡窩在咖啡館的角落，點一杯咖啡或白酒，然後翻開隨身攜帶的小說。我眼睛看著書，似乎在讀著，其實大半時候忙著偷聽鄰座的人用異國的語言說長道短。講英文的，不費力就可以聽懂，萬一講的是法文或更陌生的語言，則往往在心裡猜個半天，也不能確定人家到底在說瑪麗或馬可的閒話，索性就自己編起一套故事來。這樣雖不免有刺探他人隱私之嫌，然而這種「內心劇場」的確能讓孤獨的旅人自得其樂。

於是，不論是獨行或與人同遊，不論到哪一座城市，我都會找一家咖啡館，幾乎每一天都去，把它當成「我的」或「我們的」。好比說，巴黎的那一家位在塞納河畔相對僻靜的角落，外觀並不起眼，有兩層樓，一樓的客人以觀光客居多，二樓座位多半是當地人。早晨，我就著牛奶咖啡和可頌，眺望塞納河水靜靜地流過，心中悄悄和巴黎對話，走遍整個巴黎，都沒有哪一處能夠比這裡更讓我感覺到自己和巴黎的存在。

在里斯本的那家，嚴格說來不是咖啡館。那是小廣場上的一座拱頂四角亭子，像是微型酒吧兼咖啡攤，賣酒賣咖啡但不供餐。亭子旁撐開幾把遮陽傘，擺上輕便的桌椅，就是露天咖啡座。

三度居遊里斯本期間，我和丈夫幾乎天天來報到，上午站在亭子邊，喝一杯濃黑咖啡，和還不太忙碌的老闆聊聊天。傍晚回到租居前，經過廣場，要是有空的座位，我們就坐下來喝一杯。丈夫愛喝黑啤酒，我則總是點白葡萄酒。這家的白酒汲取自類似生啤酒機的酒桶，帶著氣泡，盛裝在香檳杯中，雖算不上佳釀美酒，可是在白日將盡，身心都有點疲憊時來上一杯，一切的倦意好像都可以隨著那嘶嘶湧現的氣泡，飄散而去。

儘管人在天涯，熟悉的咖啡館卻能賜予給我些許的歸屬感，哪怕只有一時半刻。

感恩節的火雞

一踏進肉舖，老闆笑著向我這熟客打了招呼，問道，「今天要買火雞吧？」

咦，為什麼要買火雞？我家人口簡單，哪裡吃得下一整隻火雞，我不過是要來買兩包洋火腿而已。銀貨兩訖，快走出店門時，靈光一閃，恍然大悟，明白了老闆何以有此一問。

快月底了，轉眼便是十一月的最後一個星期四，也就是美國的感恩節，那是不少美國人一家團聚吃火雞的日子。這家專賣西式肉品的店舖離台北美國學校不遠，有不少洋主顧，老闆認得我，知道我先生是「老外」，他想必以為我在節日前夕上門來，是為了採購應景食材。

可是，這位老闆，請聽我說，不是所

有白種外國人都是美國人，感恩節根本不關我家荷蘭先生的事。非要扯上關係不可的話，那就是感恩節的起源和英國清教徒逃避宗教迫害的歷史有關，而這些清教徒在四百年前橫越大西洋之前，曾在荷蘭暫居十餘年，如此而已。

至於我，和感恩節的烤火雞倒是沾得上一點邊——好歹吃過。

多年前，我還單身，曾獨自赴加州旅遊，借住好友家。適逢感恩節，我應邀隨同好友和其夫婿赴其婆家吃節日大餐，是日主菜當然就是烤火雞。

那烤得金黃焦香的大火雞臥於銀盤中、放在推車上，由主廚的女主人推來餐室，接著，換男主人大展身手，據說動刀割肉是男人的事。當時連同我這外人在內，一共有八個人圍著長桌而坐，人人眼中放著光，望著銀髮的男主人一手持長叉、一手握長刀，慎重地切下第一片肉。就在那一刻，我深刻地感覺到自己人在美國，過著名為 Thanksgiving 的節日。

此刻回想起來，美國人按照傳統，在感恩節不烤雞鴨鵝等相對小型的家禽，而要烤那麼一隻龐然大物，應有其務實的考量，只因小小一隻烤鴨或鵝，哪裡填得飽一大家子的飢腸？再說，火雞原產美洲，在哥倫布「發現新大陸」前，歐洲人沒見過，也不知道世上還有這種大鳥。清教徒初至北美時，生活艱辛，看見野生火雞滿地跑，怎會不試著捕而食之？碰上感恩豐收兼打牙祭的時節，先民不按照從前在英國吃烤鵝的習慣，就地取材改烤火雞，想來也是自然而然的事。

人們在特定的日子吃特定的食物，久而久之形成風俗，如今每到感恩節，美國人家的餐桌就出現一隻隻的烤火雞。由此可見，飲食習慣的形成往往並非偶然，而有其歷史、風土和人情因素，感恩節吃火雞這件事所關乎的，遠遠不只是食欲而已，它早已是北美民俗文化的一部分了。

輯四

漫談

「南北大戰」烽火又燃

端陽將至，一年一度的南北（粽）大戰又開打了。

傳統的南部粽和北部粽從外觀便可分辨：南部以麻竹葉包粽，呈墨綠色；北部以桂竹籜（筍殼）取代竹葉，粽子為淺褐色；不過，如今亦有包竹葉的北部粽，必須剝開粽葉，才能驗明正身。由是，要區分南、北粽，最簡單的口訣就是「南煮北蒸」。南部以生糯米包餡，需用滾水將粽子煮熟；北部的做法則是先將糯米炒到五分至八分熟再包粽，僅需蒸之，便可燜熟。

生煮、熟蒸之區別造就出不同的口感和質地。愛吃蒸粽的北部人嫌南部粽太黏太爛，主張米粒得像北部粽那樣「QQ的」才香；南部人卻嗤之以鼻，說北部粽根本就是「包葉子的油飯」。

我因為在台北土生土長，平日在街頭吃到的多半是北部粽，也覺得油香可口。然而一到端午節，我卻「倒戈」變為南部粽的擁躉：過端午，請給我軟糯的南部粽，北部粽，閃一邊去。

這是怎麼一回事？

兒時家住新北投，每年端午節前，阿嬤都會來我家，替她的女兒、我的母親一家人包粽子。阿嬤出身台南府城，包的自然是南部粽，我總愛跟在她身邊打轉，就這樣熟悉了南部粽包製的過程。

阿嬤在院子裡架好桌子和竹竿，桌上放著材料，有泡過的糯米、滷肉、鹹蛋黃、香菇、蝦米、栗子、油蔥、花生。她將浸洗過又抹乾的兩張竹葉折成鏟斗形狀，盛米、填餡，再蓋上一點米。粽葉在她手中一折一轉，移至竹竿下，用自竿上垂掛而下的棉繩綁緊，如四角錐般的粽子就成形了。

阿嬤沒花多少時間就包好一大串，馬上浸入大鍋的滾水中煮，我再等一下就有端陽粽可食了。

這樣的童年往事似遠還近，早已構成人生的一部分。是以，每逢端午，我一定要吃南部粽，想透過唇齒間那帶著竹葉香的滋味，追思故人，回味相對純真的過往時光，並且再一次提醒自己，雖然生於台北，卻有一部分的根扎在濁水溪以南。

於是，我欣然加入一年一度的南北粽大戰，只因我們這些參戰者所捍衛的，並不只是粽子而已，還有我們的根源、我們對家的眷戀、對鄉土的情懷。換句話說，我們在為自我的認同而戰。

南北潤餅

書房外隔著巷道與對面人家，是一片淺丘，終年常青，晨昏鳥囀不絕，前兩天聽見陌生的長啼，開窗探頭張望，驚起窗欞上的白粉蝶，不見鳥影，卻看到山坡低矮處開遍了紫花。眼前種種，滿是春意，春天，早就來了。眼下春分已過，再過幾天便是清明，又是吃潤餅捲的日子了。

潤餅的前身為中國北方的春餅，華人吃春餅的習俗可追溯至唐代，杜甫詩有云，「春日春盤生菜」，春盤即春餅。春餅後來南傳，在閩南演變成清明節食品，河洛語稱之為潤餅，在唐山過台灣的時代，此一食俗又隨著先民來到台灣。

兒時，我每年要吃兩回春餅。春節時按照父親江蘇老家規矩吃炸春捲，裡頭包肉絲、韭黃和蝦仁，名為「三鮮」；清明節則到外婆家吃潤餅，依照阿嬤和阿公的唸法，該叫做潤餅捲（捲的發音如gau）。

潤餅皮和春捲皮沒兩樣，餡料內容則比三鮮春捲豐富多了，有高麗菜、豆芽、蝦仁、芹菜、蛋絲、肉絲、胡蘿蔔、香菇和豆乾等，一律炒過或燙過，瀝乾水分，放涼，另外尚需準備花生粉與細糖，擺滿了一桌，供一家大小自由取用，自包自食。我每年都很期待清明來臨，我喜歡那種「自食其力」的成就感，況且，一家人圍桌包捲，熱熱鬧鬧，真是其樂融融。我小時有點偏食，但美味的潤餅我一口氣能吃上三捲。

中學時，外公和外婆移居美國，從此，春季雖仍有炸春捲可食，卻再也沒有清明節的潤餅家宴。大學時代，有年冬天應邀至好同學家「吃尾牙」，除了我這個「外人」，席上全是她的家人，這並不會讓我不自在，因為我倆真是情同姊妹，我經常到她家「蹭飯」。然而，有兩件事令我意外，第一，那天我們吃的是「理當」清明方食的潤餅，第二，花生粉中竟沒有糖，且高麗菜、胡蘿蔔和香菇等餡料並不分開烹調，燉成熱熱的一鍋，湯湯水水，舀取時得自行濾去汁液。那時方知，咱台灣不只是端午肉粽區分南北，連吃潤餅也是南北大不同。

又隔了許多年，家姊良露至福建踏查潤餅，並舉辦「春天潤餅文化節」，我這才自姊姊那裡得知，在同學家吃到的溫熱潤餅是廈門口味，盛行於台灣北部，通常在尾牙享用。我的外婆是台南府城人，外公出身左營舊城，兩人雖皆已皈依基督教，並不拜祭祖先，但仍遵照南部習慣，清明節必食冷的潤餅，而這恰是泉州的傳統，原來，我的母系祖先來自泉州啊。

我明白了，那小小一捲潤餅，蘊藏著遠遠不只是家常的美味，還有家族世代相傳的記憶與歷史，這讓我得以循味而去，探尋家族的根源。

所謂適口者珍

朋友遠道來訪，我自當盡地主之誼，請人家吃頓便飯。朋友前些年因工作所需頻繁來台，這一回雖已相隔年餘，但對台北仍不陌生，我索性開張清單，列出幾家餐館由她挑，結果這位女士選中一家江浙館子，說是從前去過，印象不錯。

一行三人坐定後，翻開菜單，除了江浙菜外，尚有少數剁椒、三杯乃至麻婆豆腐等非江浙口味的菜餚。這也不奇怪，現今台灣許多「外省味」餐廳為討好顧客的胃口，除了自家專擅的菜系外，常也供應各種「人氣」菜色。

由於這家餐館我還算熟，就自作主張，先點了素鵝拼醉雞，這是小館的招牌涼菜，下酒開胃皆宜。這裡的點心向來做得好，尤其是絲瓜小籠包，我覺得比名店出品更加美味，朋友欣然同意點上一籠。

接下來，我身為東道主，理當問問朋友還想嘗什麼。「我的口味比較清淡，」朋友說，「另外，我近來不太吃各種肉類。」

「鱔魚呢？這家鱔糊還行。」

朋友眼神驚恐，「我不敢吃鱔魚。」

「那麼，燒一條魚吧。」

「剛從海島度假回來，海鮮也吃膩了。」

這下子我可傻眼了，來到江浙餐館不吃雞鴨魚肉且需口味清淡，該如何點菜？只好問朋友，從前來這家都點哪些菜。

「就是兩三樣涼菜加小籠包或蒸餃，那時我還比較能吃肉。」

我翻回涼菜那一頁，一看，有了，涼拌白菜心。這道菜又叫「松柏長青」，簡單講，就是白菜心切絲拌豆乾、花生，此菜雖說並非傳統蘇菜或浙菜，但做法不難，滋味爽口，點之無妨。

涼拌白菜心一上桌，我的心涼了一半。廚師不知是否為求品相繽紛，往菜中加了紫甘藍，而非常見的紅辣椒絲，還撒了一大把花生，香菜卻寥寥無幾。「辣椒和香菜最近很貴，而花生特別便宜嗎？」我暗暗想著。

我舀了一匙，白菜清脆甘甜，紫甘藍卻果真「礙口」，質地略乾硬且沒什麼味道。最大的問題在於調味，不鹹、不酸、不甜、不香，味道之淡，在我吃來近乎「乏味」。

卻見朋友一口接一口，吃得開心，我和丈夫索性把整盤菜都讓給她一人享用。這時不免又想起宋代《山家清供》中的名言——「食無定味，適口者珍」，飲食口味真沒有一定的道理啊。

至於我，再來這家館子會不會還點涼拌白菜心呢？少開玩笑了，當然不會！

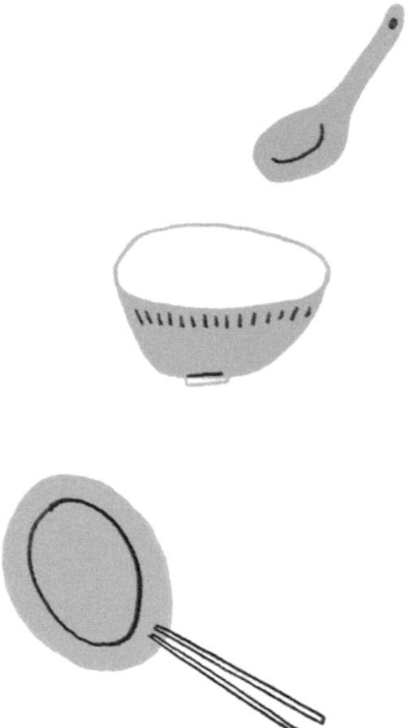

人情味的分寸

我雖是在台北土生土長的台灣人，可能因為先前在荷蘭生活多年，耳濡目染歐洲人基於「個人主義」而尊重隱私的文化，返鄉定居好幾年了，還是不大習慣部分鄉親愛打聽陌生人私事的作風。

好比說那天吧，抽空去主婦聯盟消費合作社買無毒的青菜豆腐和雜貨，算帳時跟相熟的售貨員隨口聊聊，講些最近有哪些蔬果正當令和生鮮農產如何保存之類的家常小事。找好錢，正收拾東西時，櫃檯邊一位陌生的大姊開口了。

「你平常有在上班嗎？」社裡除了我就只有她一位顧客，顯然是在問我。

「沒有。」

「那沒有工作嗎？」

「有，在家裡工作。」

「做什麼？」大姐緊追不捨。

我這時已不大高興，礙於禮貌還是回答：「做點翻譯。」為免對方大驚小怪，寫作這件事就不提了。

「英文嗎？好厲害。」

唉，大姐你也問太多了吧，再說，會兩句英文有什麼了不起。

「那你有小孩嗎？小孩還在上學嗎？」

我幾已忍無可忍，差一點就要質問對方：「請問我們認識嗎？我跟你很熟嗎？你有事嗎？你知不知道世上有隱私權這回事？」然而我的教養讓我無法破口大罵，繼續虛偽地擠出微笑，低著頭假裝沒聽到，就是不回答。

我好不容易將東西都收進自備的提袋，抬起頭對售貨員道謝，順勢瞪了這位大姐一眼，自認眼神當中藏著兩把飛刀，可惜我內功顯然不夠深，對方渾然不覺刀勢銳利，見她毫髮無傷，我也只好摸摸鼻子，默默走出店門。

環顧周遭，這位女士並非特例，有時在公園閒坐，或在街頭等候朋友前來會合，也會碰見有些歐巴桑或歐里桑，大概是因為平日缺乏聊天對象，又發覺我還算親切且貌似健談，在跟我攀談兩句後，話匣子大開，開始問東問西，話題屢屢踩在侵擾隱私的紅線上。另外就是搭乘計程車時，部分司機特別愛跟乘客聊天，聊著聊著也問起各種私事。

這些問題不外乎，「結婚了沒有？」我一律誠實回答說結了。「有沒有小孩？」我若回答沒有，對方就會追問為什麼不生，要是撒謊說有，就會被問到有幾個孩子、多大了。還有些人甚至會問我一個月賺多少錢！

提問的人說不定以為，反正是萍水相逢，雙方不論聊了什麼，都是轉眼就忘，沒啥大不了。至於問及私事，也只不過在表示「關心」，展現出咱台灣人最受稱道的人情味罷了。然而，恕我直言，這種「人情味」我真的消受不了，在我看來，那叫做「沒有分寸」，簡直「沒有禮貌」！

容我直言，關心和刺探隱私往往只有一線之隔，就算只是茶餘飯後、隨興閒談，也不可不慎啊。

是米做的冰淇淋嗎？

米其林名單公布後的第二天上午，我在連鎖咖啡館等遲到的朋友，隔壁坐了五位上了年紀的阿嬸，像是認識已久的老姊妹，聊得特別開心。我設法專心讀自己帶來的小說，但阿嬸的音浪仍不時襲來。

「汝今日看報紙沒？滿滿是『米其林』，我親家上禮拜八十歲，請人客的餐廳嘛有米其林。」一位阿嬸用台語說，「米其林」講的則是國語。這勾起我的好奇，反正閒著也閒著，就耳朵朝著鄰桌，「竊聽」起來。

近日來，在我的吃貨朋友間，米其林儼然成為關鍵詞。有人稱讚米其林「更接地氣」，瞧，不是連公館的刈包、大橋頭的筒仔米糕都入選必比登？也有人一貫持反方立場，表示：「管它是必比登還是幾顆星，那玩意是給外地觀光客看的，本地人何必跟著起鬨？」

我不是牆頭草，也不想故作清高，然而我真的覺得，諸友不論看不看得慣，都各有道理，誰都沒有錯，只因「飲食口味」不但事涉味覺，更關乎文化差異，所謂「美食」，世上難有絕對客觀的標準，就算同為本地饕家，光是一盤白斬雞，便已各有各的心頭好，到底哪一盤雞烹調最得當，本地人都搞不定了，何況是先天洋血統的米其林？

然而，不能否認米其林終究是歷史悠久的國際指南，台北能被納入米其林美食評鑑版圖，多少能給台北帶來一些來自海外的注目。只是，餐飲業者也好，饕家也好，都大可不必奉其為圭臬。

無論如何，截至目前，關於米其林，我的「同溫層」莫衷一是，而咖啡館裡的這五位阿嬤顯然不是我的同溫層。我隔桌聽她們七嘴八舌，詢問開啟話題的大姊有關米其林的種種。

「米做的冰淇淋，那會好食？」有位阿嬤中氣十足地問道，這一位發言不算多，嗓門卻特別洪亮，她似乎有點重聽，有一點慢半拍，且常常重複同伴的發言。

「不是冰淇淋（以上為台語），」另一位大姊說，「是米—其—林，今天報紙有寫（以上改國語）。」

大姊邊說邊拿出報紙，攤開來。（我斜眼偷窺，是《蘋果日報》。）她還來不及詳細說明，我又聽見另一個聲音插話說：「是講，真正有米做的冰淇淋，佇西門町。」

「對，對，」又是大嗓阿嬸，「我想起來了，古早就有米糕枝仔冰，那就是米做的冰。」接下來的話題逐漸轉換為「古早時代」，我就沒再往下偷聽了。

這時，老朋友總算來了，她一坐定，我開口便問：「你看了米其林榜單嗎？」

「什麼米其林、麵其林，喜歡吃啥就吃啥，那些星星什麼的，干卿底事？」朋友還是那麼直爽，我愣了愣，心想，沒錯，實在是干我什麼事啊。

你吃髮廊，我食棺材板

朋友結伴自荷蘭來台灣旅遊，我和丈夫盡地主之誼，請吃道地的中國菜，難得這家餐廳的菜單中英文對照，方便外國客人參考。M注重身材、對吃不講究，隨便瞄了兩眼就闔上；坐在我對面的P則一向對異國食物好奇，仔細研究起來。沒過多久，我看他瞪大雙眼，嘟起嘴，表情煞是有趣。

「怎麼了？」我忍不住問道，「有什麼有趣的發現？」

「我看到一道菜的名字，不可思議到不可能是真的，」P抬起頭來看著我，「我不相信二十一世紀的華人會吃獅子肉。」

我一聽就明白，他說的是紅燒獅子頭。

「那不是獅子的頭，只是大顆肉丸，

模樣有點像過中國年舞龍舞獅的獅頭而已。從古到今，華人都不吃獅子肉的。」我解釋，順便把菜單上其他菜名也頗驚悚的菜色說給他們聽。

「喏，好比這道叫做蒼蠅頭，其實是韭菜花炒肉末和豆豉；螞蟻上樹呢，沒有螞蟻，只有肉末和粉絲；夫妻肺片不是人肉，但的確有牛肺。」

「台灣的菜名真有意思，」P說，「哪像荷蘭，肉丸就是肉丸，沒有想像力。」

始終默不吭聲的M這時幽幽地開口，「你們忘了 Kapsalon 嗎？」

哎呀，M不提，我都忘了荷蘭的 Kapsalon，它是荷蘭快餐店常見的速食，字義原為「髮廊」。做法是將炸薯條、小肉丸或烤肉、乳酪一同置於耐熱鋁箔盒中，進烤箱焗至乳酪融化，接著撒上萵苣生菜絲，淋上蒜味美乃滋和辣椒醬便可。此菜份量大，味道粗，但有不少年輕人愛吃，尤其是男性。

它源自我曾旅居十數年的鹿特丹，歷史並不久，至少二十一世紀初那幾年尚未風行。話說鹿特丹西區有較多移民居住，專做移民生意的商家也應運而生，其中有家髮廊的非裔老闆，午餐習慣從隔壁的中東快餐店叫速食。他幾乎天天吃，把店裡餐點都吃遍了也吃膩了。

有一天，他想起維德角老家有道什錦菜，就是將各種好吃的熟食煮燴成一鍋，美味極了。他商請快餐店也將他愛吃的食物拼湊成一大份，從此不時就請店家外送這道特製餐點。快餐店裡其他熟客見著有趣，紛紛要求店家將「髮廊吃的那個」同樣做上一份給自己，久而久之，Kapsalon 成為菜名，在鹿特丹流行開來。如今，不只鹿特丹，在全荷蘭乃至比利時荷語區的快餐店，多半都吃得到「髮廊」。

「還是荷蘭人胃口好，」P開玩笑說，「把獅子、螞蟻和人當食物雖然噁心，但至少是生物，哪像『髮廊』，我們連這個都吃。」

嘿嘿，朋友有所不知，咱台南可是有樣小吃叫棺材板。下一回，你吃髮廊，我食棺材板，如何？

炸薯條的硬道理

始終不願自稱為「美食家」，雖然寫的文章常與飲食有關，那頂多證明我的確嘴饞。再說，你聽過哪位美食家竟然跟我一樣，如此嗜食難與「精緻美食」畫上等號的炸薯條？剛炸好的薯條，金黃討喜，只消拌上一點鹽，就香得令人垂涎，我往往不吃則已，一旦取了一根送進嘴裡，便欲罷不能，就這樣一根接一根，吃到盤底朝天。

炸薯條的英文名叫做French Fries，直譯「法國油炸物」，顧名思義，應該是從法國起源。此一推論聽來似合乎邏輯，比利時人卻不以為然，而主張炸薯條發源於比利時的法語區，他們甚至向聯合國教科文組織請願，希望能將比利時的「炸薯條配美乃滋」列為世界無形文化遺產。

到底是法國人還是比利時人，炸出史上第一根薯條？為了解決這樁公案，布魯塞爾美食節曾舉行「薯條論戰」，讓比、法兩國專家學者針對薯條原鄉何在，各自表述，進行激辯。

比利時方面表示，根據民間說法，薯條早在十七世紀下半葉便已出現在比利時南部的那慕爾（Namur），那裡的居民原本特別愛吃炸河魚，有一年冬天由於河川結凍，無法捕魚，當地人吃不到炸小魚，索性將馬鈴薯切成長條，油炸當成替代品，卻發現這炸得金黃香酥的「假魚」簡直是天賜美味，世人遂從此有了炸薯條。

法國這一方則提出憑證說，根據舊報紙和文獻記載，薯條最早出現在一七八九年巴黎新橋上的小吃攤。那一年正是法國大革命之年，革命廢除了封建制度和貴族的特權，平民百姓從前吃不上貴族美食，只准吃家常粗食，革命之後只要有錢，想吃什麼就吃什麼。這樣的時代背景推動薯條小吃盛行，因此薯條的原鄉應當是法蘭西無誤。

一方是民間傳說，無憑無據，另一方則拿得出文獻，有憑有據，就算是比利時專家也不能不承認，這一場論戰法國占了上風。然而比利時方面仍不放棄，堅持「只有比利時人才能將薯條美味精髓發揚光大」，因為讓薯條回鍋二次油炸使其外香酥裡鬆軟的做法，乃至蘸食各種不同醬料的食法，都是比利時獨特的薯條文化。對於比利時人而言，薯條不僅僅是美食，更代表著對鄉土和國家的認同。

公說公有理，婆說婆有理，看在我這個好事又愛吃的饞人眼中，皆言之有理。然而說到底，趕緊吃個過癮，更是「硬道理」吧。

宜司
不起
海鮮加

和好友閒聊廚事，兩人都覺得，烹飪與其常用「加法」，不如多採「減法」。換句話說，倘若多放一樣食材或多加一杓佐料，除了讓菜色變得澎湃以外，並無助於整體的風味，甚至可能使其味太雜，那就最好按捺住「加」的欲望。

這讓我想到好幾年前在威尼斯用餐的往事。話說那一回，我和丈夫又至威尼斯居遊，在一家小館吃午餐時，聽見掌櫃以帶著濃濃口音的英語，對鄰桌的美國客人客氣但堅定地說，「先生女士，你們要添多少麵包都沒有問題，但是帕米桑起司我是不會給的。瞧，各位點的是角蝦麵，要吃的是海鮮的細膩滋味，起司一加，蝦味都被淹沒，這可不成。海鮮加帕米桑，那是美國的做法，義大利人不這麼做的。」

那一臉落腮鬍的掌櫃講完這一番道理，對鄰桌欠欠身，走回櫃檯，經過我身邊時，口中猶唸唸有詞，輕聲嘟囔著幾句義語，「起司加角蝦！美國人啊，去麥當勞算了。」最後這一句話雖然有點毒，但這位仁兄不肯迎合客人，誠然顯現其人對美食的堅持與信仰，而我呢，也隨之上了美食風味學的一堂課，受益至今。

繼而又憶及，多年前跟義大利好友的母親學做義大利家常菜時，也曾聽她耳提面命，不要隨便給菜餚添加烹調香草或調味料。她說，凡是擺在盤上的，都該是要給人吃的，而非給人看的，那種中看不中吃的東西，不加也罷，「不是加了羅勒或巴沙米可醋，就表示有義大利味。」

回顧往事，威尼斯掌櫃也好，好友的母親也好，烹調手法或都偏向減法。而他們教會我的，不只是吃清淡的海鮮不宜加起司，以及不該濫用香草而已；我也體認到，家常烹調時，如果添加某物並不會對菜餚的味道、質地或層次有幫助，反而會遮蓋主味，就算唯一的功用是讓菜色看來更華麗，也是多餘，寧可不加。再說，華麗不見得就美，純淨有時更耐人尋味。

無論如何，自從那一回威尼斯之旅後，我只要光顧義式餐廳都會特別留意，端上桌的海鮮燉飯或義大利麵有沒有撒上起司。倘若有，且這家餐館竟自詡乃道地義大利味，那麼我是不會再來了。

凱撒不是大帝

首次嘗到凱撒沙拉，是在台北一家老派的歐陸餐館，那會兒我大學畢業兩、三年，美式速食已席捲台灣，美國連鎖餐廳則尚未來台，而我在那之前，只在報刊書本上看過凱撒沙拉之名，從未吃過。記得那一大盅據說是義式風味的沙拉，品相並不繽紛多彩，甚至有點平淡，送進嘴裡蒜味稍重，還帶有一點點類似魚露的發酵味，配上萵苣清脆的口感與微微帶苦的草葉香，整體雖然不是熟悉的滋味，卻滿合胃口。

隔了幾年，「星期五美式餐廳」（TGI Friday's）一家家地營業了，其他風格類似的連鎖餐館也相繼開張，台灣人吃著新奇且份量特大的美國菜，順帶吸收了美式生活風尚。越來越多人發覺，除了漢堡、炸雞外，美國人也愛吃烤豬肋排、墨西哥辣醬玉米片，還有凱撒沙拉。許多人本來以為，所謂沙拉就是把一大匙粉紅的千島醬，淋到一大盤生菜上面，他們這下子可明白了，還有一種以古羅馬皇帝為名的沙拉，端上桌時看不到黏稠的醬汁。

時至今日，凱撒沙拉在台灣已相當普及，稍具規模的西餐廳少不得有這道菜，連超市和便利店的貨架上都有現成的凱撒沙拉醬，我試過不少，怎麼吃怎麼不對勁，老覺得有股「化學味」。索性自己動手做，翻閱不同的食譜，查閱一些資料後，才發現一般以為源自義大利的這道「義式沙拉」，其實是上世紀三〇年代，美國、墨西哥邊境一家義式餐廳大廚的創作，和羅馬帝國的凱撒大帝八竿子打不著，之所以得名，是因為創製此菜的師傅名叫凱撒．卡迪尼（Caesar Cardini）。

如今我們吃到凱撒沙拉常以油漬鹹鯷魚來提味，那也是我初嘗此菜時誤以為當中含有魚露的原因，不過原始的凱撒沙拉並不放鯷魚，只有蘿蔓萵苣、蒜頭、橄欖油、麵包丁、乾酪和一種叫 Worcestershire sauce 的英國調味汁，其名聽來陌生，其實就是平價牛排店常有的「辣醬油」（亦稱辣香醋，香港人叫它「唸汁」）。

凱撒沙拉後來回流至義大利，出現在觀光區的館子，但是義大利版通常不加辣醬油，改用一般的紅酒醋。我一向偏愛義大利味，碰到凱撒沙拉卻變了心，成了唯「美」派。原因無他，我從小就愛辣醬油，到港式茶樓吃點心時一定要拿來蘸炸春捲或芋角。於是，我綜合不同版本的食譜，開始試做這道並不義大利的美國沙拉。

餐廳中端上桌的凱撒沙拉，往往只看得到蘿蔓萵苣和烤過的麵包丁、偶也有加培根屑、乾酪片和白煮蛋的，乍看之下略顯單調，入口後方知其滋味複雜多層次，原來沙拉醬是用好幾種調味料調和而成，蒜頭、辣醬油、橄欖油少不了，還得淋點檸檬汁、撒些磨碎的義大利帕米桑乾酪和黑胡椒增香添味。

有的食譜建議加生雞蛋，讓醬汁更濃稠也更滑潤，我因為害怕生蛋受沙門氏菌感染，通常不加。至於鯷魚，雖然卡迪尼的凱撒沙拉並沒有加，但我偏嗜其味，不嫌多，只怕不夠，所以調醬時只加魚而不撒鹽。要知道，油漬鯷魚本身已相當鹹了。

第一步當然得把生菜葉洗淨，撕成易入口的小片，用沙拉脫水器或包在乾淨的大毛巾中前後甩動，以去除菜葉上多餘的水分。接著，將處理好的生菜收進塑膠袋或保鮮盒裡，進冰箱冷藏至少一小時，如此口感會較脆爽。等生菜冷透，就可以調醬汁了，一般說來，一顆蘿蔓萵苣配兩瓣蒜頭，不喜蒜味的當然可以減少，蒜頭需壓成泥或切成極細的碎末，混入兩三條搗碎的鯷魚柳，攪勻，加入一顆檸檬擠出的汁，淋上二小匙辣醬油和少許黑胡椒，稍加攪拌後，注入八大匙左右的冷壓橄欖油，用打蛋器打至均勻。

接下來，將生菜自冰箱取出，置大碗中和醬汁拌和，多拌一會兒，讓醬汁平均分布沾染到菜葉上，再把起碼五大匙巴馬乾酪屑或絲，和一把烤過或炸過的去皮麵包丁拌進去，喜歡的話，可以加切片的白煮蛋，還有幾條瀝了油但保持原形的鯷魚柳，味道雖重但吃來爽口的韓氏風味凱撒沙拉，可以端上桌了。

最愛農民市集

不論走到哪裡，都最愛逛市場，尤其是農民市集，總覺得那裡洋溢著樸素、自在又真實的生命力，是最「接地氣」的所在。

這和市集上的「人」想來有莫大的關聯。到市集擺攤的，通常是小農，也就是種植者、養殖者和生產者，他們以自家產品為榮，樂於和人分享相關知識和經驗，透過與消費者直接的互動，又得以增進對彼此的了解。加上少了中間剝削，貨品價格較公道，買賣雙方皆大歡喜，難怪農民市集上的人往往看來慈眉善目。

再說，旅遊者到了異鄉，如果想了解當地風土物產的面貌，只消到農民市集走一趟大概就能明白幾分。這是因為小農受限於農地規模與人力，需要看老天爺的臉色，按照季節、土性和氣候狀態來施作，市集的農產也因而如實反映了風土。

旅居荷蘭時，我最喜歡也最常去的，是阿姆斯特丹的「北市場」，它是荷蘭第一個農民市集。二、三十位小農每逢週六在運河邊的小廣場擺攤營業，除了農產和食品攤外，還有賣花草盆景的園藝攤以及出售二手書、手工飾品或民俗衣物的攤位，攤位間的小空地常有爵士樂表演，演奏者可都是專業樂手。來這裡逛市集的，不光是阿姆斯特丹市民，近年來聞風而來的遊客越來越多，他們在這兒總算品味到觀光景點找不到的真實生活氣味。

回到台北，我最愛逛圓山花博公園的週末農民市集。初春，我在這裡買到桃園大溪來的韭菜，頎長鮮翠，柔嫩清香；夏季，看到綠竹筍，趕緊挑了四隻，問賣筍的大姊這筍來自何方，原來當天清晨才在陽明山挖出土；秋天，大甲芋頭上市了，芋頭控如我怎可不買？冬季，紅豔的牛番茄正著時，一口氣買了兩斤，回家熬番茄醬汁。

前兩天又去花博市集，入口處堆了大小不一的南瓜，標示出不同品種，市集內也陳列各種南瓜與南瓜加工食品，好讓大夥對南瓜多一點認識。原來在台灣北部，又稱金瓜的南瓜盛產期是夏至的六月，並不是金秋，這下子我可長知識了。

台灣四季並不算分明，市集上林林總總的各地農產，卻令我察覺季節的變遷。於是，用不著出遠門，我彷彿已完成季節與風土的小旅行。

廚房中的超前部署

三五朋友聚餐，天南地北，言笑晏晏，坐我旁邊的年輕朋友突然收起笑容，「良憶姊，能不能問你一件事？」我看他那一副嚴肅的表情，心底「登冷」一聲，難道有什麼難題？

「是這樣的，我看你常在臉書上貼清冰箱文，也就是利用家中的零星食材做菜。」他一本正經，不像開玩笑。「我經常也需要清冰箱，可是我一直有個困擾，就是炒菜往往需用到蔥薑蒜和辣椒，這些辛香料在超市卻都是成包地賣，像我這樣只是偶爾有空做菜的人，買了一包用不完，收在冰箱就發霉了，只能丟掉，怎麼辦？」原來是要問我廚事而已，無關感情或人生，這一題不難答，我鬆了一口氣。

然而說真的，他的煩惱我能夠理解，因為我也有過。

想當年我在異鄉初為人婦，幾乎天天晚上都開伙，大部分時候做西菜，平均一週只燒一次中菜，荷蘭的超市雖也買得到蔥薑，但亦無法零買且價格不菲，買回家煮了一頓中國菜以後，過沒幾天，嫩薑不是發霉就是脫水，蔥萎掉，蒜頭則出芽。偏偏有些中式菜色，好比說，麻油雞或腰花不用上薑，麻婆豆腐不撒蔥花或蒜苗，味道就是不對，最終只得重買一包，讓我這自認「勤儉持家」的煮婦好不心疼。於是，慢慢琢磨出因應之道，直到現在，每逢蔥薑蒜和辣椒等辛香料盛產，價平物美，我就會多採購一點，整理好，有的冷凍，有的加工，總之確保日後煮炊時不虞匱乏。

先拿不論葷食或素食，凡是中式廚房皆少不了的薑來說，含水量高的嫩薑可以切片，在盤上攤平了冷凍，待定型便分裝入小夾鏈袋或保鮮盒中，冷凍保存，需要用時不解凍，直接下鍋。老薑雖然置網袋掛壁上就好，但久了會發芽或乾縮，所以我每一次買了一包薑，都會自網袋中取出兩段：一段洗淨、切塊、冷凍；另一段切片，加黑麻油以小火煸香，裝罐，以備不時之需。

蒜頭一如老薑，置網袋掛在通風處即可，然而時日一久也會發芽。一網袋蒜頭我會挪出一半，一部分剝皮，冷凍，需要時同樣無需解凍，直接烹煮。另一部分拿來做義式蒜油，此油雖是義大利做法，但食法並不限於西餐，用以炒青菜、九層塔茄子和肉末豆腐等中菜一樣美味。前一陣子蒜頭價格飆漲，煮人怨聲載道，我卻老神在在，因為家中還有半罐自製蒜油呢。

至於蔥，是我最常用來點綴中菜並提味的辛香料，總覺得各種紅燒菜色，好比紅燒肉或紅燒魚，最後如果不撒上蔥花，就少了一味。我一般也以兩法保存青蔥，一是生鮮冷凍：蔥白切段，蔥綠切花，分置小容器或小袋中冷凍，每一小份約莫是一次用量，烹調前同樣用不著解凍。

另一法則類似蒜油和薑麻油，將蔥切大段，加葡萄籽油和橄欖油，小火熬煮至待水分差不多蒸發，以海鹽調味，轉中大火，等蔥白有點焦黃便熄火，即成香蔥油，拌麵炒飯都好，用以烹煮江浙口味的油燜菜色，比方油燜茭白、油燜筍和油燜苦瓜，更是香郁甘鮮。

最後，還有辣椒，最簡單的保存法就是洗淨後充分拭乾水分，冷凍，使用前也不用解凍。我更常將之進烤箱低溫烘乾，用來做宮保雞丁或蝦仁、炒醋溜白菜或高麗菜，香辣惹味。又或者，可加進蒜油中，做成蒜辣油，用來拌義大利麵，不就是餐館裡的蒜辣義麵（Spaghetti aglio olio e peperoncino）？

凡此種種保存辛香料的心得，我一一說給朋友說，只見這位優秀的藝人經紀一臉恍然大悟，「這不就是超前部署嗎？」

我愣了一下，隨即欣然附和：「沒錯，這就是廚房裡的超前部署啊。」

蒜辣橄欖油（2 杯）

材料

特級橄欖油　2 杯
蒜頭　6-7 瓣
紅辣椒　2 根

做法

1. 蒜頭剝皮，切薄片；辣椒去籽，切圈。把橄欖油倒進鍋中，以中火燒至七分熱時轉小火，加蒜片煎香但不焦。
2. 轉中火，等蒜片變成淺黃色時加進已去籽且切成圈狀的辣椒，煎至辣味出現即熄火，餘溫會使蒜片色澤變得更黃，冷後倒入有蓋容器，在冰箱至少可冷藏保存兩週。

話說從頭食

自從數篇飲食散文陸續被收進國中、國小的國文課本以來，多次應邀至不同學校對師生演講，發覺最能引起聽眾興趣的話題，是我為何開始寫飲談食。

說真的，我能夠成為所謂的飲食作家，多虧了幾位朋友，當初要不是他們看我忒愛聊「吃」，鼓勵我寫出來，我根本不可能搖起筆桿。這會兒回想起來，這幾位仁兄八成是嫌我成天「食話」講個不停，嘰哩呱啦地煩死了，想讓我閉嘴吧。

彼時我在報社當記者，「爬格子」並非太難的事（沒錯，那還是手寫時代），就接受建議，在採訪工作餘暇，試著書寫飲食文字，當時僅單純地想用散文形式來撰寫實用的飲食情報，多少有「我覺得這東西挺好吃，請你也吃吃看」的意思。

第一篇寫的是〈遇見百分之百的 Cheese Cake〉，看篇名就知道根本是文青在傚顰村上春樹。

我本來只打算說說哪裡有美味的乳酪蛋糕，介紹我喜愛的食譜而已；寫著寫著，想起一些與乳酪蛋糕還有我弟弟相關的往事，遂將這些回憶揉進文中。末了才發覺，自己竟沒按原計畫寫成飲食情報，文章更像親情散文，可是我面對著桌上的白紙黑字，不知從何改起，索性原封不動地投稿，幸運獲得報紙副刊採用。

那會兒，飲食寫作在台灣尚未蔚為風潮，這篇文章卻得到不少鼓勵，另一位副刊主編前輩看了說，「這樣寫食物倒也少見，你再繼續寫，只要寫得出來，我都登。」

我簡直受寵若驚，興致勃勃地又寫了兩篇，起初仍企圖加進飲食情報，盡量減少感性回憶，因為當時我總覺得，資訊對讀者好歹有一點用處，而我個人童年、親情、戀愛與失戀等人生歷程的追憶，別人哪裡會在意？

越寫卻越發覺，讓生性疏懶的我在採訪完新聞以後，還肯靜下心來攤開稿紙書寫的，並非資訊，而是那些因味覺而勾起的陳年往事。於是，寫作逐漸變成和過往的自己對話並和解的過程，我藉著書寫探索並整理心靈抽屜中一格格的回憶，覺得自己對往昔的人與事總算有了一些交代。

拾筆至今已二十多年了，依然想謝謝當年受不了我太愛說食話的朋友。容我厚顏地說，自己如今算得上「無心插柳」，雖未養成一整座森林，應也種出一小塊樹蔭，讓人得以透過閱讀，在精神上嘗到一點文字中的美味吧。

國家圖書館出版品預行編目資料

家常好日子 / 韓良憶著 .-- 初版 .-- 臺北市：皇冠 .
2022. 06 面；公分. --(皇冠叢書；第 5026 種)(韓
良憶作品集；01)

ISBN 978-957-33-3889-5(平裝)

863.55　　　　111006556

皇冠叢書第 5026 種
韓良憶作品集 01

家常好日子

作　　者—韓良憶
發 行 人—平　雲
出版發行—皇冠文化出版有限公司
台北市敦化北路 120 巷 50 號
電話◎ 02-27168888
郵撥帳號◎ 15261516 號
皇冠出版社（香港）有限公司
香港銅鑼灣道 180 號百樂商業中心
19 字樓 1903 室
電話◎ 2529-1778　傳真◎ 2527-0904
總 編 輯—許婷婷
責任編輯—黃雅群
內頁設計—李偉涵
內頁插畫— Bianco Tsai
行銷企劃—薛晴方
著作完成日期— 2022 年 2 月
初版一刷日期— 2022 年 6 月
初版三刷日期— 2024 年 9 月
法律顧問—王惠光律師

讀者服務傳真專線◎ 02-27150507
電腦編號◎ 587001
ISBN ◎ 978-957-33-3889-5
Printed in Taiwan
本書定價◎新台幣 380 元 / 港幣 127 元